CUENTOS PARA LA MEDIANOCHE

COLECCIÓN CANIQUÍ

EDICIONES UNIVERSAL, Miami, Florida, 1992

LUIS ÁNGEL CASAS

CUENTOS PARA LA MEDIANOCHE

P.O. Box 450353 (Shenandoah Station)
Miami, Florida, 33145, U.S.A.

© *Copyright 1992 by Luis Ángel Casas*

Primera edición 1992

EDICIONES UNIVERSAL
P.O. Box 450353 (Shenandoah Station)
Miami, Florida, 33245-0353. USA.

Library of Congress Catalog Card No.: 91-78013

I.S.B.N.: 0-89729-632-X

Diseño de la portada e ilustraciones interiores por Lourdes Sáenz

Composición de textos por Miriam Gallardo

A Noemí, mi esposa.

NOTA SOBRE EL AUTOR

Luis Ángel Casas, renombrado poeta, cuentista, novelista y Académico de la Lengua Española, nació en La Habana, Cuba, el 10 de julio de 1928. Desde hace varios años reside en los Estados Unidos de América. Para unos, descuella entre los cuentistas más originales, escénicos e imaginativos del siglo que corre. Para otros, es la reencarnación de Poe.

Sus más recientes publicaciones en prosa son *Los músicos de la muerte* (novela histórico-filosófica, Miami, Florida, 1989) y *Trece cuentos nerviosos-Narraciones burlescas y diabólicas* (Ediciones Universal, Miami-Barcelona, 1990, estudio preliminar de Hernán Henríquez Ureña, prólogo de Gustavo Galo Herrero).

En el *Diario Las Américas,* de Miami, 31 de diciembre de 1989, página 7-B, Luis Mario comenta que "Luis Ángel Casas acaba de publicar la novela *Los Músicos de la Muerte,* en la que se hace patente una vez más la maestría de este escritor cubano en el desarrollo del relato, su fértil imaginación para el argumento insólito y su profunda cultura histórico-filosófica. A los muchos logros ganados por Casas en la investigación poética —creador de la rima potencial, autor de la "versión rítmica" de *El Cuervo,* de Edgar Allan Poe, y erudito en versificación grecolatina—, se añade ahora esta novela suya, que se desarrolla en un ambiente fantasmagórico, donde la técnica del *suspense* mantiene al lector en éxtasis hasta el final".

En el propio *Diario Las Américas,* 9 de septiembre de 1990, página 8-B, Luis Mario comenta que "entre los libros más vendidos en Miami está actualmente *Trece cuentos nerviosos* (Narraciones burlescas y diabólicas), del poeta y académico cubano Luis Ángel Casas. El libro recoge cuentos y narraciones que datan de 1954, y sitúan al autor como un anticipado en el género del terror cuentístico. Para los amantes del misterio, del argumento lógico en el que van encajando los eslabones de una cadena de sucesos inverosímiles, cultos, mágicos y, al mismo tiempo, llenos de pasión e interés, este libro de Luis Ángel Casas resulta insoslayable".

Casas es precursor de Borges en la narrativa moderna hispanoamericana, como lo acredita la primera edición en mimeógrafo de sus *Trece cuentos nerviosos,* hecha y registrada en Cuba en 1954, pues los trece cuentos fantásticos de Borges se publicaron veintiún años después, en 1975, en *El Libro de Arena,* obra que, junto con la colección de cuentos *El informe de Brodie* (1970), del propio Borges, contiene lo más representativo y depurado de esa narrativa, de la cual se ha dicho erróneamente que influyó en la que Casas ha venido cultivando desde mucho antes. *"El Libro de Arena* es mi única obra. Incluye trece relatos. Un número casual o fatal; no creo que mágico" —son palabras de Borges recogidas por Roberto Alifano en *Borges, biografía verbal.* "Todo lo demás que he escrito no tiene importancia" —subraya el autor de *El Libro de Arena.*

En su estudio sobre el cuentista cubano, incluido en *Trece cuentos nerviosos-Narraciones burlescas y diabólicas* (1990), dice Gustavo Galo Herrero: *"El Aleph,* cuento que tipifica los misterios de Borges en el universo de los enigmas y las especulaciones, fue escrito —o publicado— en 1949. Tres años antes (1946) Luis Ángel me dio a leer sus relatos *Alpha y Omega* y *Velamen negro,* que exhiben las fórmulas dominantes mantenidas por su autor en el arte del cuento." (*Alpha y Omega* corresponde a la primera parte del libro: *Trece cuentos nerviosos* (1954), y *Velamen negro* a la segunda: *Narraciones burlescas y diabólicas,* reunidas con este título en 1954.)

En su artículo *Luis Ángel Casas, el precursor* (*El Nuevo Herald,* de Miami, sábado 8 de septiembre de 1990, página 10A), Noemí Fernández Triana expresa: *"Trece cuentos nerviosos-Narraciones burlescas y diabólicas* es un libro que viene a demostrar que Luis Ángel Casas es el precursor en nuestro idioma de este tipo de literatura culta de ficción."

Estos *Cuentos para la medianoche* (1983-1988), que ahora se publican, fueron escritos en los Estados Unidos de América, y algunos de ellos han sido publicados anteriormente en diarios y revistas de este país. Los cuarenta relatos que integran el presente volumen van precedidos del estudio titulado *Genialidad y terror en Luis Ángel Casas,* del escritor y crítico argentino Astur Morsella, y van seguidos, bajo el título de *A manera de epílogo,* de la presentación que el propio Morsella hizo de *Trece cuentos nerviosos-Narraciones burlescas y diabólicas* el 13 de octubre de 1990 en el salón de conferencias de Ediciones Universal, en Miami.

Casas ha publicado las siguientes obras en verso: *La tiniebla infinita* (sonetos, México, 1948, prólogo de Enrique González Martínez); *Pepe del Mar y otros poemas* (con la "versión rítmica" de *El Cuervo,* de Poe, La Habana, 1950, prólogo de Raimundo Lazo);

El Genio Burlón y otros poemas (La Habana, 1959); *La palabra poética* (discurso de ingreso en la Academia Cubana de la Lengua escrito en verso, setenta octavas reales, La Habana, 1965, reseña histórico-crítica de Noemí Fernández Triana, Miami, Florida, 1991).

"Poesías como *Pepe del Mar, Marisol, Rosa la Rusa, Cheo Macaco, Mujer bajo la lluvia* (todas de Casas) forman un mosaico de malabarismos verbales y conceptuales que es antecedente preclaro de la literatura barroca cubana ejemplarizada en las obras de Cabrera Infante, Severo Sarduy y Lezama Lima" —señala Jorge J. Rodríguez-Florido, Profesor de Lengua y Literatura Españolas de la Chicago State University, en su conferencia *Itinerario de Luis Ángel Casas,* que leyó en la Universidad de Cincinnati el 15 de mayo de 1987. Rodríguez-Florido también dice de Casas en esta conferencia que "su creación de la *rima potencial* y los experimentos métricos y prosódicos de muchos de sus poemas han abierto caminos". Y concluye: "Casas es el Casal vivo, el poeta del sufrimiento, del chiste macabro, de la traición amarga y también de la esperanza. Su palabra crea, construye y amplifica. Cuando se escriba la historia definitiva de la poesía cubana del siglo XX, no me cabe duda de que Casas ocupará el lugar señero que le pertenece."

Entre otros muchos hallazgos que la crítica le reconoce, Casas fue el primero en lograr la perfección del hexámetro en español.

Su "versión rítmica" de *El Cuervo* se estrenó en México el 28 de febrero de 1948. Luis Alfonso, Secretario General de la Comisión Permanente de la Real Academia Española, hubo de expresar a Casas en 1978 que dicha Comisión acordó "felicitarlo muy efusivamente por tan admirable traducción en la que ha salvado dificultades que, hasta ahora, se consideraban imposibles de vencer". Casas, además, es autor de la única "versión homófona" de *Las Campanas* (1979), también de Poe.

El 23 de Abril de 1965, Día del Idioma, Casas leyó su discurso de ingreso en la Academia Cubana de la Lengua, Correspondiente de la Real Academia Española, titulado *La palabra poética* y escrito en verso (setenta octavas reales). "Sus conocimientos de métrica clásica dan categoría de humanista al joven Académico" —afirmó en aquella oportunidad Chacón y Calvo, entonces Director de la Academia Cubana, quien en sesión posterior de la propia Academia expresó: "Una joven e ilustre figura de nuestras Letras, Luis Ángel Casas, no ha mucho sorprendió al público habitual de nuestras sesiones con su discurso de ingreso en la Academia Cubana escrito en verso; una lectura singular, sin otro precedente que el del ingreso en la Real Academia Española de don José Zorrilla." Rafael Lapesa, a la sazón Secretario perpetuo de la Real Academia Española, comunicó a la Academia Cubana en carta fechada en Madrid el 12 de junio de 1965: "La Academia Española, en sesión celebrada el día 10 del actual, tuvo conocimiento de dicho discurso que fue acogido por los Sres. Académicos con grandes muestras de agrado por su originalidad y mérito." El discurso de Casas, "la más apasionada defensa de la cultura occidental" según Chacón y Calvo, recorrió el mundo al ser publicado en México en la revista *Ábside,* que dirigía el humanista y polígrafo mexicano Alfonso Junco, de la Academia Mexicana de la Lengua, en el número correspondiente a *Abril-Junio* de 1970. Junco calificó de "inusitadas" las octavas reales de Casas. Dijo, además, que "tienen la armoniosa fluidez de un ancho río".

Casas desempeñó el cargo de Secretario de la Academia Cubana de la Lengua de 1968 a 1980. Es Académico Correspondiente de la Real Academia Española, de la Academia Norteamericana de la Lengua Española y de la Academia Internacional de "Pontzen" de Letras, Ciencias y Artes (Nápoles, Italia).

Joaquina González-Marina, de la Real Academia de San Telmo, de Málaga, en su artículo *En el milenario del idioma castellano* (Boletín de la Academia Hondureña de la Lengua, mayo de 1979), señala que "nos quedan pruebas palpables de figuras mundiales que escriben en nuestro idioma. Nos quedan hoy, por ejemplo, Borges y Casas, entre otros muchos de los que heredaron la lengua castellana". Y añade que las producciones de Luis Ángel Casas "le han valido el título de último humanista del siglo".

GENIALIDAD Y TERROR EN LUIS ÁNGEL CASAS

Por Astur Morsella

I

¿Qué es el terror? ¿Es un anticipo del infierno para el pecador? ¿Es una proyección de nuestros propios temores insondables? ¿Es la pesadilla excedente de una noche que se mantiene en la retina durante la luz? ¿Es una fascinación por fenómenos que están más allá de la razón y que invaden con rotundidad equívoca nuestras percepciones?

Reconozcamos que podemos responder a todas y cada una de esas preguntas y hacerlo afirmativamente. Porque el terror es siempre lo que vemos, sentimos o presentimos ante lo nefando y lo escatológico —y es algo más. Nadie puede aprehenderlo, investigarlo y mostrárnoslo como un universo cerrado, como una conclusión, como un absoluto.

Nada más subterfugial, más huidizo y menos consistente en sí mismo que el terror. Es como el alma del mal, que anda vagando por el mundo y que de pronto aparece ante nosotros en una nueva y espontánea dimensión de nuestro propio absurdo.

Recapitulemos: el terror es parte de nuestra culpa, del pecado original. Es lo más ingrato de la vida, lo más deletéreo, lo más deleznable. Sin embargo, nos atrae, tiene un magnetismo que me atrevo a consagrar diabólico. Y en el transcurso de toda nuestra existencia, él nos ratifica que tenemos una condición humana maniquea: somos buenos o somos malos. Pero donde se produce el terror es en el proceso de invasión de lo segundo sobre lo primero, del Mal sobre el Bien, en esa crisis donde se confunden perspectivas y valores, donde la duda sobre uno mismo se transforma en un pozo de tragedia y, desesperados, caemos en la tentación de creer que no es una dicotomía el Bien y el Mal sino la esencia dual de nuestra naturaleza.

Raskolnikov, el personaje dostoyevskiano, mata y luego se apiada de su víctima y llora. No sabe por qué mató; sabe sí por qué lo lamenta. El Bien ha venido a rescatarlo, está en lucha contra su demonio, pero su Ángel no prospera, lo reanima por momentos, pero no lo salva. Y Raskolnikov transita un estado de angustia que por su bifrontalidad de instintos incontenibles y de culpa sería más tarde motivo de análisis por Freud, hurgador magistral del inconsciente.

Aquel ser, aquel personaje creado por el genio de Dostoyevski dará a la novela universal una nueva impronta: nada es rígido y menos el corazón del hombre. En el individuo más virtuoso puede agitarse la perversidad o alguna otra forma del Mal; nuestra imperfección es, precisamente, lo que nos diferencia de seres esquematizados, existentes tan sólo para una literatura menor, de perfiles, no de seres, de héroes esterilizados o —como diríamos también hoy— de imágenes robóticas.

En el medio de esa dualidad angélica y demoníaca, en la gran incertidumbre de lo que somos (y peor aún, de lo que seremos) nace el terror. Se hacen uno así lo físico propiamente dicho y lo metafísico, tan personal, tan distinto en cada uno, tan inencasillable —en fin.

Los pies sobre la cima, donde mora el bien y nos protege y nos salva, y justo ante la sima a la que el mal nos lanza si atendemos su persuasión. De aquellas cavernas profundas, lúgubres y húmedas, el Mal extiende los instrumentos con los que nosotros iremos haciendo las joyas espurias de nuestro pecado. A veces detenemos esa mano y nos enfrentamos a su mandato o los designios que la mueven. Nace entonces esa violencia interior, esa guerra, que nos instala temporalmente en una orfandad mayor, porque no somos totalmente dueños de nosotros mismos y estamos a la espera que esa lucha abismal se defina. Naturalmente, tal contingencia nos produce terror.

II

Visto desde otro ángulo, queda claro que el temor es el padre del terror. Somos todo temor y en nuestras hacinadas mentes hay sinrazones que procuran una evasión y se rebelan contra nosotros. Nos han educado en el temor y como a ciencia cierta no sabemos de dónde venimos ni hacia dónde vamos, aprendimos a convivir con él, conforme a reglas de un juego en el que somos perdedores constantes... por temor.

Como una paradoja, la pureza de nuestra infancia (tan poblada ésta de visiones, de ruidos indefinidos, de constantes rincones sombríos y de siniestros personajes de la imaginación) es una pureza que se mantiene en nosotros toda la vida, por lo menos en lo que hace a la convivencia cotidiana con el terror. Si alguna vez nos asustaron mucho para evitar nuevas picardías nuestras, es aún peor. Porque el temor crecido en terror es uno de los más sórdidos laberintos de nuestra memoria y hasta de grandes pensamos que si hay una puerta cerrada y que no debemos abrirla por esta o aquella razón, es porque allí, detrás de esa madera se agita algo horrible, capaz de sobrepasar nuestra reserva de estupefacción.

Reflexionemos: cuando un paciente se tiende sobre el diván de un psicoanalista y comienza su catarsis, lo que revela, antes que otra cosa, son sus miedos. Miedo de ser él mismo, miedo de darse en amistad, miedo a la vida, miedo a la muerte. Mientras habla con el médico, revive cada uno de esos miedos y quizás la catarsis le evite el terror (aquí lo tenemos otra vez) de verlos reunidos como una conjunción de sombras. Vivir en el terror es una alienación casi psicopática, con raíces muy profundas, quizás hasta de heredad mórbida.

En la filosofía, los interrogantes básicos de *quién soy, por qué, para qué vivo,* abarcan una búsqueda incesante por orfandad ontológica. Todo ese planteo surge de una gran inquietud cuyo origen se remonta al temor de los hombres prehistóricos ante la violencia de la Naturaleza, hacia la cual se volcaron en unión votiva, adorando sus fuerzas como si fueran éstas la Verdad revelada. Pero el comienzo de la aventura de pensar y pensarse fue para superar ese pánico que ocasionan constantemente hechos sin explicación y sin antecedentes. Se inauguraba la vida humana que venía de un misterio e iba hacia algo aún más enigmático. El temor no se venció porque alguna de las preguntas encontrara respuesta. Por el contrario: el hombre civilizado aumentó con su propia inteligencia el terror en el mundo; al temor metafísico sumó el de sus obras de desamor y destrucción. Una especie de mal creado por compensación o revancha de sus miedos más íntimos y menos confesables.

III

En la obra de Luis Ángel Casas, una de las más descollantes personalidades de las letras hispanoamericanas de este siglo, el terror es el protagonista, la atmósfera y el hilo conductor de su extraordinaria elaboración de mundos de crueldad y de desatados poderes maléficos. Casas —cuya poesía es de una definida personalidad, de un altísimo tono y de una deslumbrante belleza, tantas veces concebida para totalizar el amor— celebra en sus cuentos fantásticos una ceremonia del terror, donde la oficiante es su imaginación y los fieles los hijos de su dimensión nocturna y dantesca.

Todas las facetas del terror que hemos analizado, y aún más, son las que nutren las páginas de este singular escritor cubano, que ha sido destinado a la arrojada misión de descender al fondo de las almas y a extraer de su esencia las pruebas cardinales de las miserias del hombre. Pero esto es sólo parte de la voluntad de Casas para darnos ese espejo subterráneo donde vernos; hay más: como nuestras horrendas imperfecciones lo conmovieron, por una paradoja su estética de autor se transformó en ética y se hace una sola compasión por las soledades metafísicas que nos acosan, tanto a él como a nosotros, sus lectores.

¡Qué espléndido fresco de terror surge de los libros de Casas! ¡Cuánta idoneidad para una temática donde cualquier profano puede convertir la agrura de lo horrible en el lamentable espectáculo de lo tragicómico! Esa es, en gran parte, la deformación que de lo fantástico se ha conseguido a través de una cinematografía y de una literatura de menor cuantía, premiadas no obstante por la mediocridad crítica consanguínea.

Estos *Cuentos para la medianoche* fueron escritos entre 1983 y 1988. Son cuarenta creaciones estructuradas sobre una sólida unidad temática, con lo que el autor extiende así la fantasmagórica y alucinante saga que ya conocíamos desde *Trece cuentos nerviosos* y *Los músicos de la muerte*.

Y decimos saga porque si bien en cada historia de Casas la originalidad es tan notoria como fluido el léxico, todas en conjunto poseen el mismo poder de expresar al hombre subterráneo y demencial, hasta más allá de los límites de la muerte —y aun retornando de ella.

Casas se atreve a descender a la periferia del Averno, pero no necesita encontrar un enorme lugar físico de lamento y fuego para saberse allí. Sólo con mirar aquí, en la superficie de la tierra, los ojos de los hombres y mujeres que lo rodean, puede reflexionar sobre la historia de los horrores y compilarlos en una cronología meticulosa y trágica, de la que extrae la esencia de su prolífica y densa narrativa, inscripta ya en la línea de la más alta tradición literaria del terror.

Pero no nos equivoquemos: Casas es una ciudadela de piedad y ve al hombre acosado y sufre por él cuando entiende que el triunfo del Mal es propio del ámbito temporal que domina el Príncipe de las Tinieblas y que sus víctimas son tales cuando pretenden luchar contra él con armas tan falibles como la honestidad, la confianza y la credulidad.

Y entonces, mostrándonos el Mal en su crudeza antipódica del Bien, en su sentido y grandeza, Casas nos alerta, nos dice que veamos allí, donde él ve, la tarea espeluznante del Gran Enemigo, hacia el que él ha ido en un peregrinaje casi letal y ha vuelto con la conciencia de

que el Mal también encierra un hedonismo sádico, en el que muchos ven una doctrina y hasta una voluntad confesional de índole espuria. *(Lo que trata de esconder Casas en su legado de horrores es su inocencia. Él sabe que el hombre es la persistencia de la orfandad y del miedo y que el amor es su única posibilidad de sobrevivir. Él también reconoce que el horror nació en el hombre durante su primera confrontación entre sus ojos y la noche infinita, que lo deslumbra desde los múltiples párpados de las estrellas y la oscuridad pura del cielo irrevelado.)*
Porque hablar del terror es hablar del misterio. En cada página de Casas anida un trasfondo jubiloso y dinámico (por lo tanto vivo), ante el cual desfilan los siniestros seres de su invención. No es comedia y drama; es el mundo escindido del alma que el Mal quiere dividir aún más para gobernarlo a su antojo y que el Bien trata de unir férreamente, para servirle.

Cuando el terror sale a la luz, como hoy, que lo feo, ética y estéticamente hablando, es el marco deletéreo de la vida cotidiana; cuando el terror sale a la luz convierte en noche hasta la pureza más alba y el hombre queda degradado por el espejo de sus miserias. El terror antaño era nocturno y fantasmal; ahora son los medios de comunicación masivos los que rebajan en el hombre los niveles de la autoestima y convierten en pululación cínica y depravada lo que antes era espacio abierto para los valores y el placer de vivir.

Casas es el viajero que con el humor del sabio llega a los más recónditos pueblos del alma y por eso su narración es como el periplo hacia el Apocalipsis prematuro en que nos ha colocado el constante desafío a Dios. Pero como Casas ama la música —la Música—, sus mundos y su prosa son como atenuantes de grandeza lírica en el recorrido por las erosiones interiores de sus seres, que en definitiva somos nosotros, sus lectores. Porque, en función de tales, nos fundimos con ellos en relación simbiótica, los revivimos en nuestro ser; éramos los personajes monstruosos de una poderosa imaginación literaria y no lo sabíamos.

Nuestra infinita capacidad de mal se ha desdoblado en los personajes de Casas y desde los ojos muertos de éstos —pero ojos abiertos como los de las diosas de piedra de Ellora— nos mira toda la desolación humana como a entes que han desvirtuado su razón de vivir —es decir, de fundar únicamente sobre el Bien el territorio de la majestad del hombre.

Matar es una catarsis, pero matarse muchas veces con el hábito del Mal como veneno y seguir intentándolo hasta una eternidad de sobrevivencia en frustración y odio a sí mismo, es el Infierno. Matarse muchas veces es más kafkiano que lo que el universo de Kafka nos propone (vivir muchas veces una vida obstinadamente laberíntica y dolorosamente reiterativa), porque la insistencia en el suicidio fallido es ya estar del lado de la muerte, prestado por ésta a la vida, donde no hay paz.

Y el terror es el agente homicida y suicida, el estado de desesperación que precede a la muerte, detenido en el tiempo, consciente de su función asesina, como la que anima a muchos personajes de Casas, *dichosamente agónicos,* con una pena de matar que los enardece, porque el Mal no sólo no libera sino que nos convierte en sus prisioneros de por vida.

Para esos marginados de la luz se trata de una fatalidad, el sino que los va convirtiendo en cenizas mientras queman el bien en el otro.

IV

Este libro nocturnal, tenso, febricitante, luctuoso y piadoso, no es sólo un libro: es un espejo que refleja el dolor de estar vivo entre los muertos o, mejor aún, de estar muerto entre los vivos. "El infierno son los otros", dice un personaje de Jean-Paul Sartre en su drama *A puertas cerradas.* Y es verdad. Sin el Otro no hay nada que recibir ni nada que dar, malo o bueno; el Otro, en el ámbito del mal (el más genérico y visible, hasta en su oscuridad), es la provocación, lo que nos desafía, nos insulta por su sola existencia. Y como nuestra lucha interior no acepta términos medios, hedónicamente nos place más odiar que amar (aun cuando Papini decía con sabiduría que el odio es un amor inconsciente).

De cualquier manera, si el infierno son los Otros, estamos rodeados de fuego y de maldad; únicamente buscando a Dios por la ranura de nuestra libertad podremos salvarnos de sumar más odio que amor en el transcurso de nuestras vidas. Por eso perdura la sentencia de caminar sobre el filo de la navaja; por eso la lucha del Ángel contra el Demonio; por eso el alarmante privilegio de ejercer el libre albedrío; por eso el ser o no ser.

En los cuentos de Casas el infierno son los otros (que hay en uno). Sin nuestra voluntad no crecerían nuestros propios monstruos, alojados muchas veces en la razón, pero no menos en el claroscuro del alma.

Esos seres son convocados por Casas, son nacidos y vestidos por su escritura, una dicción que renueva, enriquece y devuelve a nuestro idioma el alto sabor clásico que parece haberse perdido momentáneamente en el discurso paupérrimo de los transgresores literarios. Una dicción de luz para que se hagan las sombras, seductoras y crecientes, que forman el cuerpo de su magia narrativa.

Para el lector avezado en la literatura del terror, estos *Cuentos para la medianoche* abrirán una puerta al nuevo mundo de la imaginación que propone y consigue el autor. Para los que son flamantes receptores o ávidos debutantes en este género difícil, ríspido, alucinante, las creaciones de Casas recorren la piel como un rocío de sangre y soledad, en un contexto de gran poderío onírico, de dilatados ojos erráticos y de flores muertas.

En tal marco fantasmagórico, el autor coloca con mano segura el retrato de su héroe mayor —el Horror—, al que ha logrado capturar y encerrar en páginas de las cuales únicamente logra escapar, por momentos, cuando el lector descubre casi en transferencia psíquica que lo está incorporando a su existencia, que Luis Ángel Casas ha logrado el sortilegio de sabernos a la medida de su mundo, adivinando la complacencia del terror que nos nutre y nos convierte en sus adictos.

CUENTOS PARA LA MEDIANOCHE

(1983-1988)

LA PREDESTINADA

"¿Dónde está, oh muerte, tu aguijón?
¿Dónde, oh sepulcro, tu victoria?"
(Primera epístola de San Pablo a los
Corintios: 15.55.)

Hace dos años arribé a Roma, especialmente atraído por la idea de admirar las ruinas de su famoso Coliseo. Para quien sabe escucharlas, esas piedras hablan mucho más que todos los libros de Historia juntos. Y siempre, desde muy niño, tuve ese sueño que iba a convertirse en realidad a la medianoche próxima: hora escogida por la fantasía de mis primeros años para visitar, solo, aquellas majestuosas ruinas.

Así, pues, como he dicho, llegué al Coliseo a la medianoche. Eran las doce en punto. Nadie me acompañaba. No había nadie fuera, ni dentro. El Coliseo y yo estábamos por fin a solas. El silencio entero y la entera soledad lo hacían aún más imponente, sobre todo el silencio, el impresionante silencio donde mi imaginación se esforzaba por reconstruir un pasado esplendoroso de gloria y martirologio.

Había entrado en el Coliseo con el santo temor de Dios, y durante largo tiempo permanecí absorto, completamente alejado de mi tiempo y de mi realidad. De pronto, me sobrecogió de espanto un rugido feroz que pareció retumbar en el eco de los siglos saliendo de la boca de un león hambriento de carne humana. A este rugido siguieron otros, como salidos de las fauces de varios leones. Quedé literalmente petrificado, y el llanto de mis poros me bañó de tembloroso frío la espina dorsal. Diríase que mis poros lloraban copiosamente sudor, en tanto que mis ojos sudaban copiosamente lágrimas. Son las llaves ocultas que suele abrir el miedo.

Luego vi un bulto, algo indefinido que se movía en la sombra. Quise huir, pero no pude: mis pies no me obedecían. Quise gritar, pero tampoco pude: la voz me había dejado solo. Escuché pasos, cada vez más cerca; el bulto indefinido se acercaba, y sentí los rugidos cada vez más próximos. Un grito, un alarido estentóreo, enroscado alrededor de sí mismo dentro de mi garganta, salió al fin por mi boca estirando su larga serpentina de horror hasta los confines del espacio: "¡Aaaayyy!..."

Al escuchar este grito, una joven y hermosa dama vino corriendo hacia mí. Era el bulto indefinido que yo había visto moverse en la sombra. Y pronto quedó aclarado todo el misterio. La dama traía en la mano una pequeña grabadora portátil de cuya cinta magnetofónica surgían aquellos espantosos rugidos. De suerte que lo que yo había creído alucinación o realidad no era otra cosa que una grabación de las que se usan para ambientar novelas radiales o televisadas. Y, claro, en el silencio de la medianoche, en la oquedad de aquellas vastas soledades, los rugidos, aumentados por el eco y diseminados en la sombra, retumbaban electrizando el cabello del más valiente. El marco dentro del cual se escucha un sonido es factor determinante de su efecto psicológico. Haga la prueba cualquiera de ustedes y se convencerá. Váyase de noche, solo, a un lugar aislado, preferiblemente un bosque; ponga a funcionar la grabadora, oculta entre los árboles, con esta cinta u otra semejante; aléjese un poco, escuche los rugidos de los leones, o los aullidos de los lobos, o los toques de tambor de los caníbales, sea sincero y dígame lo que siente, aun sabiendo de antemano de qué se trata. Pues bien; eso mismo fue lo que sentí yo, con la diferencia de que ignoraba la causa: razón de más para que se redoblase mi espanto. Porque hay en el instinto de conservación una fuerza ancestral, que yace dormida en la subconsciencia del hombre civilizado, y que se despierta en situaciones como ésta para recordarle que el miedo es una herencia que le transmite de generación en generación, desde la selva, ese hombre primitivo que todos llevamos dentro, y de la cual no logra desprenderse nadie totalmente.

Quedaba aún por aclarar el porqué de aquella dama y de aquella grabadora con aquellos rugidos, a una hora como aquella y, sobre todo, en un lugar como aquel.

La dama, vestida a la usanza de la antigua Roma, se había sentido misteriosamente dominada desde niña, como yo, por la peregrina idea de visitar las ruinas del Coliseo a la medianoche y, además, escuchar los rugidos de los leones en el propio Coliseo para experimentar determinadas sensaciones que estaba estudiando. Sin embargo, felizmente para los dos, no se había decidido a hacerlo en tales circunstancias hasta ese preciso y precioso momento. Allí habíamos coincidido, y en seguida nos dimos cuenta de nuestra gran afinidad: una afinidad nada común que nos unió definitivamente a los pocos minutos de conversación.

El Amor más puro se encendió para siempre entre nosotros, sin que nunca la Carne ardiera en la llama de esa antorcha, pues mi amada conservó en todo momento su pureza de virgen, antes y después de nuestro matrimonio.

Era de belleza angélica, y tocaba angélicamente el arpa, con la cual se acompañaba para cantar, también angélicamente.

No escribiré aquí su nombre, su misterioso y bendito nombre, que era algo así como un susurro levísimo en el cual ciertas vocales evocaban ecos lejanos y ciertas consonantes emitían sonoridades de aguas claras que corren y silbidos del viento cuando llama.

¿Quién era, pues, mi amada? Baste decir que era la encarnación de la Poesía misma con todos los atributos del Verso divino y de la Palabra humana.

Mi amada, que a la muerte de sus padres había heredado una inmensa fortuna, vivía en las afueras de Roma, en un fastuoso palacio donde el silencio y la paz eran las más firmes columnas. Allí fijamos nuestra residencia, y allí, en aquel ambiente adecuado, podíamos estudiar todas las cosas naturales, humanas y divinas.

En su grabadora, por ejemplo, había captado directamente el canto de distintos pájaros de diversas regiones del mundo, de igual manera que había captado directamente los rugidos de los leones. A no muchas cuadras del Coliseo, en un terreno donde fue demolido un edificio y se proyectaba construir otro, había puesto su carpa un circo ambulante que gozaba de gran popularidad. Los rugidos, grabados en visita especial no efectuada dentro del horario de ninguna función, eran de una pareja de leones, macho y hembra, llamados "Nerón" y "Agripina" respectivamente, que el domador mantenía siempre hambrientos para aumentar su ferocidad y hacer más espectacular su actuación con ellos. Porque el circo es la más fidedigna representación de la sociedad humana, con sus payasos, equilibristas y domadores de fieras. En eso consiste la irresistible atracción oculta que ejerce este espectáculo no sólo en la mente infantil sino en la adulta, pues todos seguimos siendo más o menos niños en el curso de nuestra existencia, por mucho que hayamos vivido. Y ese es el misterio del circo: !a culminación de nuestro propio espectáculo —de nuestro propio acto de acrobacia para sobrevivir; de magia y prestidigitación para engañar a los demás o engañarnos a nosotros mismos; de payasadas recíprocas para colmar la diplomacia establecida, y de látigo y revólver para calmar fierezas convencionales. Por eso no hay espectáculo como el circo; y "pan y circo" mantienen la inquebrantable eficacia de su consorcio desde los tiempos de la antigua Roma.

Pero hay más: todo artista de circo es un artista formidable, un formidable actor, y un profundísimo conocedor de las leyes inmanentes e inmutables de la vida, de los principios fundamentales y ocultos que rigen el cosmos, el macro y el micro. El dominio muscular estéticamente expresado, por ejemplo, constituye el binomio ideal de ciencia y arte, rara vez alcanzado por los mortales que no sean acróbatas. La mente y el cuerpo, en perfecta y sana conjunción, trabajan para demostrar que lo imposible se hace posible por el dominio y predominio de ciertas facultades, dormidas en el común de las gentes y despiertas en estos formidables filósofos, cuya sabiduría pasa generalmente inadvertida para cuantos sólo consiguen divertirse con su ejecución predestinada. Y hay más todavía en la cuerda floja y en el salto mortal que puede ser inmortal: un inmortal asalto a las estrellas.

He dicho que en el palacio de mi amada, donde el silencio y la paz eran las más firmes columnas, podíamos ocuparnos en el estudio de todas las cosas —y causas— naturales, humanas y divinas.

En nuestra rara biblioteca, y lo anoto sólo para poner otro ejemplo curioso, se conservaban fragmentos de una obra del Maestro Pitágoras, titulada *La Métrica en el canto de los pájaros* y totalmente desconocida de los historiadores. Un remoto antepasado de mi esposa rescató estos fragmentos, de manera providencial, de entre las llamas que consumieron la célebre Biblioteca de Alejandría. Pues bien; los fragmentos que pudimos estudiar demostraban que, en el canto de los distintos pájaros conocidos hasta entonces y clasificados allí en riguroso orden por sus respectivos nombres, se hallan los arquetipos rítmicos de los veintiocho pies métricos que conforman la versificación griega. Escuchando las grabaciones de mi amada, ella y yo nos entregábamos diariamente a la ímproba tarea de completar esa obra de investigación humanística, no sólo añadiéndole lo que le faltaba desde el punto de vista griego, sino también desde el posterior punto de vista coincidente latino, comprobando así que el canto de los pájaros, incluidos los que hoy conocemos, constituye la piedra de toque de ambas versificaciones, esto es, de la versificación grecolatina, o dicho más generalmente, de la versificación cuantitativa, y demostrando al propio tiempo que esos veintiocho pies métricos se hallan en todas las lenguas modernas.

Otras veces nos ocupábamos en desentrañar pasajes de la *Biblia*, como éste, que por cierto era su favorito:

"¿Dónde está, oh muerte, tu aguijón? ¿Dónde, oh sepulcro, tu victoria?" (*Primera epístola de San Pablo a los Corintios*: 15.55.)

He dicho que mi esposa era la encarnación de la Poesía misma y que tocaba angélicamente el arpa, con la cual se acompañaba para cantar, también angélicamente. Recuerdo que en cierta oportunidad interrumpió uno de aquellos conciertos íntimos y, puesta en pie, alzando la voz más de lo acostumbrado, dijo de memoria el siguiente pensamiento —que repetía muy a menudo— de un autor cuyo nombre se me ha olvidado:

"Si el conflicto entre ensueño y mundo estalla sin reconciliación posible, el nudo suele cortarse con la muerte del soñador... La envidia de las multitudes, su bajeza, su furor ciego y sordo, todo el "laboratorio de Canidia", conspiran mortalmente contra la gracia. Los seres más perversos de la creación son enemigos de la fantasía y el canto."

Por eso, digo yo ahora, murieron tantos cristianos entre las garras de los leones. Y por eso siguen muriendo: porque los leones se disfrazan de ovejas. Los soñadores, como los cristianos, están predestinados a morir así.

El tiempo pasó; pero no ha pasado ni pasará jamás el Horror Supremo con que escribo la última parte de esta historia.

Llegó la fecha más importante de nuestro calendario: la memorable fecha en que nos conocimos.

A causa de una serie fortuita de extraños e inesperados contratiempos, que sería ocioso relatar, me resultó materialmente imposible acudir al Coliseo a la hora convenida para reunirme allí con mi esposa y celebrar el primer aniversario de nuestro encuentro. Según lo concertado, cada cual iría por su cuenta, como aquella vez, y a tal efecto habíamos tomado rumbos distintos desde muy temprano en la mañana, pensando que ello haría más romántica la cita nocturna. Al aproximarme al Coliseo mucho después de la medianoche por los contratiempos aludidos, la policía que patrullaba las calles aledañas me advirtió de un peligro inminente: "Nerón" y "Agripina", los leones del circo que estaba a pocas cuadras del Coliseo, se habían escapado. Desoyendo las órdenes de la autoridad, corrí desesperadamente hacia las vetustas ruinas y, burlando el cordón de policías que las rodeaba, logré al fin entrar. Pero era ya muy tarde. Los leones estaban devorando viva a mi amada, sin que yo pudiera hacer algo por ella, y resultaban inútiles los policías y los disparos al aire. Al cabo de pocos minutos más, después de los horripilantes gritos de la infeliz y entre atronadores y espantosos rugidos, sólo quedaban en el suelo un gran charco de sangre hirviente y unos cuantos pedazos dispersos, como los de un rompecabezas, de quien había sido mi esposa, nacida para vivir como había vivido y para morir como había muerto, porque, de haber vivido en los albores del cristianismo, habría muerto así, virgen y mártir, en el propio Coliseo.

Su predestinación, pues, si debemos considerarla como tal, se había cumplido cabalmente.

Pero al cabo de un año, hace sólo unos días, al conmemorarse el segundo aniversario de nuestro primer encuentro y el primer aniversario de su muerte, volví al Coliseo a la medianoche. Y he aquí que entre un coro de ángeles y bienaventurados que cantaban una música inefable, escuché la voz de mi amada inmortal, quien, como para consolarme y demostrarme su propia inmortalidad, decía: "¿Dónde está, oh muerte, tu aguijón? ¿Dónde, oh sepulcro, tu victoria?"

6 de octubre de 1983

EL MEDALLÓN DE YESO

Nunca he sido lo que comúnmente se llama "un hombre de acción"; porque mi "dinamismo" no corresponde al mundo de las realidades que se ven, sino al de las realidades del espíritu, que también pueden verse, aunque de otro modo. Digamos, pues, que mi "espíritu de observación metafísica" me ha conducido siempre a ese campo que el vulgo califica erróneamente de divagación, y que este mismo espíritu me ha permitido moverme en todo momento con la mayor libertad y el mejor éxito en mi propio radio de acción inmediata.

El estudio de mi árbol genealógico demuestra que pertenezco a una estirpe de soñadores, muchos de los cuales hubieron de alcanzar notoriedad en los pasados siglos por sus excentricidades, que los llevaron indefectiblemente a la muerte o a la locura. Y debo añadir que, habiendo heredado sus sueños, también heredé la sólida realidad de su fortuna y de esta mansión en que habito.

Muy objetivo no obstante lo expresado acerca de mi idiosincrasia, y respetuoso buscador de la verdad como pocos, escribo el presente relato en la misma sala donde se originaron y concluyeron los hechos que deseo exponer con la esperanza de que puedan dilucidarse algún día; pues si esos hechos aislados son reales, como efectivamente lo son, ¿cuál es el hilo conductor que los ensarta sucesivamente como las cuentas de un solo collar?

Comenzaré refiriéndome al medallón que un buen día descubrí en una de las paredes de esta sala, precisamente en la pared que tengo a la vista desde mi escritorio. Y digo "descubrí", porque juraría que ese medallón nunca había estado allí hasta ese momento, ni en ningún otro sitio de la casa, aunque debo pensar —es lo más lógico— que simplemente no había reparado en él con anterioridad. Era de tan bellos y delicados colores que parecían naturales; pero estaba hecho de un material de inferior calidad que no se correspondía con el de los objetos tan valiosos que adornaban la pared. El medallón era de yeso; y si bien su calidad artística tampoco era superior, había en él un no sé qué de especial encanto que atrajo mi atención despertando en mí sentimientos hasta entonces desconocidos. Representaba el relieve la figura de una mujer bellísima, de cuerpo entero, vestida con vaporosa elegancia. Durante horas, días, semanas y meses, me dediqué a contemplar esa figura de rostro inconfundible y único. Y llegué a soñar con ella todos los días, despierto, y todas las noches, dormido. Y de ella me enamoré dormido, y de ella seguí enamorado despierto. Soñaba, por ejemplo, que ella me correspondía; pero sus labios no acompañaban ya los míos al tornar de pronto la vigilia, y mis brazos ceñían entonces el aire y mis labios besaban el vacío. Nadie había que se le pareciera entre mis conocidas, y comencé a buscar entre las desconocidas una que se le pareciese. Y fue en vano.

Cierta vez, durante la celebración de un paseo de carnaval, vi en una carroza, como en un relámpago, esa figura y ese rostro; pero, también como un relámpago, la carroza pasó y no volvió a pasar.

Entré al otro día en una feria tratando de aturdirme. La vida, en realidad, es eso: una feria donde todos tratan de aturdirse para olvidar o para recordar, pues el recuerdo y el olvido son el anverso y el reverso de una misma moneda que tiramos al aire para jugar a cara o cruz. A veces, cuanto más queremos recordar, más olvidamos; y, cuanto más queremos olvidar, recordamos más. Me sorprendió la noche en esa feria, cuyos juegos multicolores y trémulos de luces y sombras —que parecían danzar a la música triste de un organillo— le daban ese aspecto fantástico y ese toque de magia que constituyen para mí el marco insustituible de todo ideal de belleza. Y precisamente allí, en ese marco de belleza ideal, cuando menos lo esperaba, encontré la ideal Belleza que tanto había buscado.

Iba sola, y miraba distraídamente hasta que clavó en mí sus ojos al sentirse observada por los míos. Entonces me acerqué a ella para poder estudiarla con detenimiento. Era bellísima, y vestía con vaporosa elegancia. En verdad, la mujer del medallón y la mujer de carne y hueso —estaba por decir de carne y yeso— no se parecían, sino que eran *idénticas*.

En seguida entablamos conversación, pero no como quienes conversan por primera vez, porque teníamos la extraña impresión de reanudar un diálogo interrumpido hacía mucho tiempo, y la aparente casualidad de nuestro "encuentro" también aparente se nos antojaba oculta causalidad de un *reencuentro* feliz: tan feliz que culminó en inmediato casamiento.

Brígida nunca me habló de su pasado, y nada me había dicho tampoco de las actuales circunstancias de su vida fuera del ámbito de nuestra intimidad. Amaba la música, y por eso amaba el silencio, sin el cual no hay música posible. Era mujer de pocas palabras y mucha ternura, y las palomas blancas del parque de nuestra residencia venían a comer en su mano.

Habiéndome comunicado en cierta ocasión la necesidad de ausentarse de casa por unos días, la llevé una noche a tomar el tren de las diez.

Luego, cuando regresé a nuestro nido, sin poder conciliar el sueño, acompañé mi vigilia y mi soledad contemplando durante largo rato el medallón que tanto había embellecido mi existencia. Pero he aquí que, de súbito, el medallón se rompió solo, en gran número de pedazos que cayeron en la alfombra, sin que ninguna causa natural —conocida al menos— produjese aquel efecto. Era la medianoche.

El reloj acababa de dar la última de sus doce campanadas, que retumbó fatídicamente en el silencio y redobló en el eco su frío espanto, coincidiendo con el ruido que había hecho el medallón en la pared al romperse. Y el reloj se paró en ese preciso momento, como alguien que detiene sus pasos y su respiración al llegar a la orilla de un abismo insondable y allí se queda, al parecer para siempre, marcando una hora inmóvil y extraña. ¡Era la soledad en punto! Como si en ese reloj el tiempo se hubiese convertido en una estatua.

Antes del amanecer, me llegó la infausta nueva: el tren donde viajaba mi esposa se había descarrilado, y ella no existía ya. La hora en que se había roto el medallón era la misma en que se había producido el accidente.

Con dolor inenarrable, algunas semanas después recogí los pedazos del medallón, los envolví por separado, muy cuidadosamente para que ninguno se perdiera ni se dañara más, y los guardé durante catorce años en lugar seguro, todos dentro de una misma caja.

Un buen día, o un mal día, al cabo de ese tiempo, movido por la nostalgia, me di a la tarea de reconstruir el medallón y comencé a pegar sus pedazos con la paciencia infinita que se requiere para armar el más difícil rompecabezas. Al final, vi que faltaba un pedacito en la parte del relieve que corresponde al pecho de la dama, o más exactamente, a su corazón. Y, con esa pequeña falta, coloqué de nuevo el medallón en la pared, esperando encontrar de un momento a otro el pedacito que se había extraviado de manera inexplicable y que, como ya he dicho, pertenecía a la parte del pecho que corresponde al corazón de la figura allí representada. Pero mi búsqueda fue inútil.

El reloj seguía parado en la misma hora fatídica de catorce años atrás, y las junturas del medallón, que no había podido disimular el pegamento, parecían horribles cicatrices —de las llamadas con más propiedad costurones— que se mostraban con mayor ensañamiento en el rostro.

Algunos meses después, en uno de mis recorridos por los hospitales para visitar a los enfermos pobres y hacer la caridad, atrajo de golpe mi atención una muchacha que se parecía extraordinariamente a

Brígida. Su edad era la misma que tenía mi esposa cuando falleció: veintiún años. Horribles cicatrices surcaban su rostro y su cuerpo. No ha mucho había estado a punto de perecer al sufrir un accidente viajando en un tren que se descarriló, y, para colmo de coincidencias, también se llamaba... ¡Brígida!
Hablé con el director del hospital a fin de interesarme por ella y ofrecerme para costear en su oportunidad la cirugía plástica; y entonces, revisando sus documentos, supe que la infeliz, que tenía siete años de edad cuando falleció mi esposa, ¡era su hija! Finalmente supe que la muchacha, desde la edad de catorce años, había sufrido varios ataques de catalepsia, tan increíblemente prolongados que milagrosamente se salvó de ser enterrada viva durante uno de ellos.
Cuando la dieron de alta, me la llevé conmigo. Era muy callada y triste. Nunca sonreía. Y, mientras aguardaba el tiempo requerido para la operación, fue descubriéndome su horrible personalidad, no sé si diabólica o simplemente esquizofrénica. En una u otra forma, tenía la Maldad incrustada en el alma. Es más: pudiera decirse que su alma y el Mal eran consubstanciales.
Cierto día la sorprendí sacándole con un cuchillo el corazón a una paloma viva. Fue la primera vez que la vi sonreír, pero mejor hubiera sido que no la hubiese visto sonreír nunca, pues esa sonrisa me mostró una hilera de dientes larguísimos y unos colmillos enormes tintos en sangre. Brígida mató delante de mí una docena de palomas blancas; puso los corazones en una copa; les echó unas gotas de limón y una pizca de sal... ¡y se los comió crudos! Ya se había comido otra docena antes de llegar yo. Sentí pinchazos de hielo en las venas.
Una mañana, Brígida no se levantó a la hora acostumbrada. La hallé inmóvil en el lecho, con los ojos vidriosos y desorbitados y los labios retorcidos en una mueca que exhibía los larguísimos dientes y los colmillos enormes. No respiraba. El médico certificó su muerte, y colocamos a Brígida en el sarcófago; pero yo, conociendo la historia de sus ataques de catalepsia y ante el temor de sepultarla viva, decidí a última hora aplazar el entierro por tiempo indefinido, hasta que aparecieran signos bien evidentes de putrefacción.
Depositamos el sarcófago en una sala pequeña y aislada, contigua a la capilla de la residencia, y allí permaneció durante varios días. Al fin, un olor nauseabundo indicó, al parecer, el vencimiento del plazo prudencial, y di órdenes a mis acompañantes para que se efectuase el sepelio. Uno de éstos, sin embargo, advirtió en la alfombra un grueso cordón de hormigas que, como una flecha, señalaba el sitio exacto de donde procedía el mal olor, cuya causa verdadera no tardó en saberse. Descorrí una de las cortinas, y quedó al descubierto una copa de corazones de paloma putrefactos, que Brígida había

ocultado allí, seguramente para comérselos cuando nadie la viera. Retirada la causa, desapareció el efecto; y como no hubo más indicios de putrefacción que aconsejaran lo contrario, volví a aplazar el entierro por tiempo indefinido.

Mientras tanto, cuando menos lo esperaba, revisando mis cosas para distraerme, hallé en un cofrecito el fragmento que le faltaba al medallón. Lo había envuelto cuidadosamente en algodones, y allí, separado del resto, lo había escondido como un tesoro sin que después pudiera recordarlo. A veces, valga la redundancia, guardamos las cosas tan bien guardadas, que ni nosotros mismos sabemos dónde están.

Lleno de alegría por haber encontrado la parte del relieve que corresponde al corazón de la dama, procedí a pegar esa parte en su lugar: y aquel lugar vacío pareció colmarse de una vida nueva, comunicada inmediatamente a toda la figura del medallón.

Era la medianoche: una medianoche tormentosa que nunca olvidaré. De pronto, el reloj que catorce años atrás se había parado a esa hora fatídica, y que nunca más había vuelto a andar, comenzó a mover el péndulo, que era su corazón; recuperó el tictac, que era el ritmo de su pulso, y, reviviéndolas, volvió a dar las doce campanadas más lúgubres que oídos humanos percibieron. Sentí como si una mano invisible me pasase un trocito de hielo por la espalda. Después, en el silencio que sucedió a las doce campanadas lúgubres, me pareció escuchar un sonido más lúgubre aún: el chirrido leve, inconfundible, que hace la tapa de un sarcófago al abrirse lentamente. Y luego... escuché pasos torpes que en el silencio de la Hora se acercaban. Y el viento entre los árboles me hacía recordar la música de aquella antiquísima y sombría balada cuya letra dice:

"¿Quién viene de la tumba dando tumbos,
y a quién viene a buscar por estos rumbos?
Se escapó del sarcófago la frígida
figura cadavérica: la rígida
figura cataléptica de Brígida.
¿Quién viene de la tumba dando tumbos?
¡Brígida!... ¡Brígida!... ¡Brígida!...
¡Brígida!... ¡Frígida!... ¡Rígida!...
¡Mírala allí!... ¡Mírala allí!... ¡Mírala allí!...
¿Y a quién viene a buscar por estos rumbos?
¡Viene a buscarte a ti!... ¡Viene a buscarte a ti!..."

—No puede ser —me dije—. Fueron las bisagras de alguna reja mal cerrada que se abrió sola movida por el viento, o los chirridos de algún insecto nocturno; y los pasos que parecen acercarse son los golpes de alguna tabla suelta que repercuten cada vez con más fuerza. Todo volvió a quedar en silencio. Y, olvidando esta momentánea pesadilla, serenado ya el ánimo, después de algunas horas me dirigí a la pequeña sala donde habíamos depositado el sarcófago de Brígida. ¡Cuál no sería mi sorpresa y cuál no sería mi espanto al hallar abierta la tapa del sarcófago! ¡Cuál no sería mi espanto y cuál no sería mi sorpresa al hallar el sarcófago vacío! Heladas agujas corrían por mis venas, y una espina de fuego se me atravesó en la garganta.

Salí de allí precipitadamente, y regresé junto al reloj fatídico, que había recuperado su vida, y junto al medallón de yeso, cuya figura había recuperado su corazón. Cerré la puerta con doble llave y rodé un pesado mueble para asegurarla bien por dentro. Sentí de nuevo entonces como si una mano invisible me pasase un trocito de hielo por la espalda, y, al volverme, vi a Brígida de pie, entre el reloj y el medallón, con sus enormes colmillos que chorreaban *sangre fresca,* con su mirada vidriosa en la cual fulguraba el odio, y armada de un cuchillo que ese odio incontenible hacía temblar en su mano.

Con pasos torpes y vaivenes bruscos, Brígida comenzó a perseguirme. Yo no tenía fuerzas para volver a rodar el pesado mueble que aseguraba la puerta y poder abrirla para escapar de allí. Sin pérdida de tiempo, saqué de una de las gavetas de ese mueble mi pistola; pero tampoco tuve valor para dispararle a Brígida. Y, apuntando hacia el medallón de yeso, exactamente al corazón de la figura, disparé una sola vez y di en el blanco. El pedazo recién pegado saltó, y el punto que había vuelto a quedar vacío pareció llenarse de una muerte nueva, pero ahora definitiva, comunicada instantáneamente a toda la figura y a todo el medallón, que asimismo saltaron en múltiples y frágiles fragmentos.

El reloj había exhalado el último tictac. El péndulo había quedado para siempre inmóvil, e inmóviles para siempre las manecillas, clavadas en cruz a las tres menos cuarto en punto. Y en la alfombra, al pie del reloj, sobre los restos del medallón, se había desplomado Brígida: ¡ya frígida y rígida también para siempre!

17 de octubre de 1983

EL GRAN PAJARERO

Jacobo Daren vivía solo, en un viejo y misterioso caserón de su propiedad, enorme y completamente rodeado de árboles corpulentos y frondosos, cuyas gruesas raíces levantaban el piso por distintas partes, sin que esto pudieran disimularlo ya las desteñidas alfombras, y cuyos gruesos troncos también resquebrajaban por distintas partes las paredes, sin que esto tampoco pudieran disimularlo ya los desteñidos tapices.

Jacobo Daren era un gran pajarero. No sólo cazaba, criaba y vendía los pájaros más preciados, sino que los enseñaba a cantar melodías conocidas empleando para ello la flauta; pues Jacobo Daren era también un gran flautista. Si se lo hubiera propuesto, habría podido ganarse la vida tocando la flauta. Pero conocía demasiado bien al género humano, y amaba la soledad; y debiendo escoger entre los honores mundanos y el arte que enseñaba, prefirió la compañía de estos hermanos menores nuestros, sus alumnos, los pájaros cantores.

Trabé amistad con él casualmente, una mañana, en el mercado, después de haberle oído proponer al público la venta de aquel producto de tan original fantasía.

Jacobo Daren era un hombre entrado en años, de aspecto duro y, sin embargo, de trato muy cordial y carácter comunicativo. No se mostraba así con todo el mundo, claro está; pero conmigo siempre se portó bien desde el primer momento.

Tenía tanta paciencia humana, y tanta ciencia sobrehumana, que enseñaba a sus pájaros melodías completas de larga y asombrosa duración: ¡algo verdaderamente increíble y único! Dios pareció al fin premiar su esfuerzo, y Jacobo Daren ganó una fortuna ejerciendo el arte que profesaba. Recibía curiosos encargos de los más distantes puntos del planeta, y su nombre llegó a la celebridad con aquellas maravillosas cajitas de música vivientes. Jacobo Daren complacía todas las peticiones, vencía todas las dificultades y contentaba todas las exigencias. Lo que no hubiera conseguido Jacobo Daren enseñarles a cantar a sus pájaros, no lo habría conseguido nadie.

¿Cuál era el secreto de Jacobo Daren que le permitía obrar tales prodigios? Cierta vez me llevó a una especie de laboratorio instalado en el último cuarto de su casa. Quería mostrarme unas enormes arañas negras, venenosas, amaestradas por él. Sentí, al penetrar en aquella atmósfera espeluznante, un influjo magnético de origen desconocido. Cuando Jacobo Daren tocó la flauta, las arañas ejecutaron una danza diabólica. Había allí dos cuervos al lado de una calavera humana. Uno de los cuervos, como el de Poe, decía: "¡Nunca más!" Y el otro cuervo, como el de la Calle de la Vieja Linterna donde se ahorcó Gerardo de Nerval, repetía: "¡Tengo sed!"

Pasado algún tiempo, volví a casa de Jacobo Daren. Los dos cuervos estaban picoteando en el portal dos bolitas ensangrentadas. Me extrañó que la puerta estuviese misteriosamente abierta, y entré. Jacobo Daren yacía en el suelo, boca arriba. Las enormes arañas negras se habían rebelado contra él, le habían inoculado su veneno mortal... ¡y los cuervos le habían sacado los ojos al cadáver, en cuyas órbitas hueras bebían sangre las arañas!

Jamás se supo cuál era el secreto de Jacobo Daren.

Y, para terminar, sólo me resta decir: Jacobo Daren fue, como ha de llamarlo sin duda alguna la posteridad, "el Gran Pajarero".

26 de octubre de 1983

CERRADO POR REPARACIONES

Acababa yo de salir de la enfermedad que me mantuvo en cama con mucha fiebre durante varios días, y me hallaba en plena convalecencia.

Me había levantado muy temprano, y había visto amanecer desde la ventana del comedor saboreando una espléndida taza de café acabado de colar, en tanto que el cielo de mi espíritu se coloreaba también con los tonos brillantes y alegres de aquella aurora, que me anunciaba un pronto y total restablecimiento.

Seguía al pie de la letra un riguroso plan de sobrealimentación; y a pesar de sentirme aún muy débil, una fuerza extraña removía mis viejas ilusiones y esperanzas.

No sólo había recobrado el apetito y el entusiasmo, sino que se me habían afinado ciertas facultades, especialmente las de observación, atención, análisis y retentiva, más allá de lo normal.

Todas las cosas me parecían nuevas, como recién creadas, y despertaban en mí un singular interés jamás experimentado con tanta intensidad. Y hasta yo mismo creí renacer en esas condiciones, con más deseos que nunca de incorporarme de nuevo a la vida, de volver a formar parte de la colmena humana, de seguir luchando, sintiéndome y sabiéndome capaz de llevar a cabo mil ambiciosos proyectos con pujante iniciativa.

Después de un suculento desayuno, me vestí para hacer mi primera salida. Necesitaba estirar las piernas en un paseo moderado por los alrededores, pero de pronto se nubló y comenzó a llover. Tanto, que decidí quedarme en casa. "Un día de lluvia —me dije entonces— también tiene su belleza." Y para emplear mi tiempo en algo, me puse a ordenar mis cosas: cartas amarillentas que volví a leer, viejas fotografías que me hicieron suspirar... en fin: un almacén de recuerdos que no sólo pasaron por mis manos sino por mi corazón durante horas y horas.

Así hallé un sobre inexplicablemente cerrado. Ostentaba en la parte superior izquierda el membrete de la Orquesta Sinfónica; tenía escrito en el centro mi nombre, y había sido enviado por correo a mi antigua dirección treinta años atrás, según lo indicaba la fecha del matasellos en la parte superior derecha.

Repito que el sobre estaba cerrado, y esto me parecía no tener explicación; pero, reflexionando, comprendí que lo más probable era que lo hubiesen remitido abierto, o que lo hubiese abierto yo, sin romperlo, por la tapa engomada, que no pegó bien; y que luego, en cualquiera de los dos casos, por efecto del calor y del peso de los objetos colocados encima, se hubiese pegado solo.

De todas maneras, la ilusión era perfecta. El sobre estaba intacto, y daba la impresión de haber llegado a mis manos por primera vez.

Y, aunque fuera momentáneamente, me deleité imaginando que sí, que acababa de recibirlo, porque esto implicaba una regresión en el tiempo, un olvido de tristezas posteriores, una evasión hacia un pasado lleno de esperanzas juveniles.

Abrí el sobre. Traía un programa de la Orquesta Sinfónica y una invitación para aquel concierto en el Teatro de la Ópera.

Sinceramente, no recordaba haberlos recibido; y si los había recibido, ¿por qué no había ido a escuchar aquellas obras magníficas, todas de mi predilección? ¡Esto sí que me resultaba inexplicable!

Un rayo de sol entró por mi ventana para indicarme el cese de la lluvia. Era aún temprano en la tarde, y esperé un tiempo prudencial antes de cambiarme de ropa. Me proponía salir dentro de un rato y regresar de noche, después de haber cenado en un buen restaurante.

Cuando estuve listo, me eché distraídamente en un bolsillo el programa de la Sinfónica y el boleto de invitación, y salí a la calle.

Había mudado ya notablemente la temperatura. Un aire puro, fresco, más bien frío, me acarició el rostro llenándome de vitalidad, y los primeros pájaros del cambio de estación pasaban y volvían a pasar en rápidas y alegres bandadas, como celebrando la proximidad del invierno, en tanto que un arco iris engalanaba la parte despejada del cielo y en la otra parte se apiñaban densísimos nubarrones que tendían a dispersarse con el viento, entre relámpagos cada vez más débiles, para dar definitivamente paso al sol.

Pocos efectos naturales son tan bellos como una tarde bien llovida y mejor escampada. En una tarde así da gusto caminar, vagar, andar por el placer de andar, ir sin rumbo y llegar a cualquier sitio, porque cualquier sitio es bueno para llegar en una tarde así.

El arco iris se reflejaba en los charquitos de agua que como espejos rotos quedaban en la calle.

Pronto el aire y el sol secaron las aceras, y dejaron flotando en el ambiente una saludable humedad que complacía mi olfato con su olor característico, inconfundible.

Después de un amplio recorrido por tiendas y librerías, no hecho con el ánimo de comprar sino de distraerme, y sintiéndome un poco fatigado, me senté a descansar en un parque. Los bancos todavía estaban húmedos, pero ya suficientemente secos para un caminante como yo. Y allí me sorprendió la noche: una noche azul, de cielo despejado, en que todas las estrellas, titilantes, parecían tintineos de campanillas de plata en el concierto de un claro de luna.

Sin rumbo fijo reanudé la marcha, y mis pasos me condujeron cerca del antiguo Teatro de la Ópera. Entonces recordé que llevaba en el bolsillo aquel programa y aquella invitación, y me deleité imaginando un regreso al pasado para reconstruir una noche que nunca existió en mi vida, pero que pudo haber existido y traerme sabe Dios cuántas cosas buenas —o cuántas cosas malas— que se quedaron flotando en el mundo de las posibilidades infinitas. Y, como quien atrasa un reloj, o como quien adelanta un reloj atrasado, no sé, me dirigí resueltamente hacia el viejo Teatro de la Ópera.

Tenía una vaga idea de haber pasado frente a él antes de mi enfermedad y haberlo visto cerrado al público, según explicaba un letrero en la puerta, porque estaban haciéndole algunos arreglos o ampliándolo. Pero cuando llegué, lo vi abierto, iluminado, y pensé que el teatro que había visto cerrado por reparaciones no era éste o que ya se había efectuado su reapertura.

Entré sin entregar el boleto amarillento, pues inexplicablemente el portero fingió no verme ni escucharme a pesar de mi insistencia.

El público aplaudía. El director de la orquesta mandó ponerse de pie a los músicos; y volviendo a sentarse éstos, se retiró por unos instantes.

Entonces me pareció ver, entre el público, a una antigua conocida, en todo el esplendor de su belleza juvenil, y cuyo paradero ignoraba. Pero pronto me di cuenta de que no podía ser ella, porque no hubiera podido conservarse así después de tanto tiempo. "Quizás —pensé—, si nos hubiésemos tratado más, habríamos llegado a enamorarnos."

También me pareció ver entre el público a dos o tres amigos, que tampoco podían ser ellos, en este caso porque habían fallecido.

El director reapareció, y la orquesta dejó escuchar los primeros compases de la *Danza macabra,* de Saint-Saëns. ¡Qué coincidencia! Esa obra estaba incluida en el programa que yo tenía en la mano; y si las demás obras y su orden también coincidían, eso significaba que mi llegada al teatro se había efectuado justamente al final de la penúltima obra de la primera parte, que después de la *Danza macabra* vendría el intermedio, y que la primera obra de la segunda parte sería *El carnaval de los animales,* del propio Saint-Saëns.

Escuché, asombrado, que esto último se lo preguntaba uno de

los asistentes a otro, cuya respuesta afirmativa me asombró mucho más.

¡Aquella *Danza macabra* humedecía mis ojos con tantos recuerdos!... ¡Cuántas veces la había tocado la Banda de Música que mi abuelo electrizaba con la varita mágica de su batuta incomparable! La sala quedó de pronto completamente a oscuras, incluyendo el escenario, para producir instantes después un singular efecto de luminotecnia. El director fue surgiendo poco a poco de la oscuridad como de una pantalla fluorescente. Su frac había desaparecido, y también había desaparecido su envoltura o materia carnal. Sólo se veía su esqueleto moviéndose con la batuta en la mano al compás de la *Danza macabra*. La orquesta, luego, fue asimismo surgiendo poco a poco de la oscuridad, y asimismo habían desaparecido la ropa y la envoltura carnal de los músicos, cuyos respectivos esqueletos con sus respectivos instrumentos seguían la batuta del director.

Al fin se iluminó todo el escenario, sólo el escenario, y se escuchó a toda orquesta la *Danza macabra,* y la *Danza macabra* "se vio" a toda orquesta, tocada y representada por todos aquellos esqueletos bajo la dirección de aquel otro esqueleto. "Se trata —pensé— de un ingenioso procedimiento luminotécnico a base de rayos X."

El recurso me pareció poco serio, innecesario y hasta de mal gusto, impropio de un concierto en un teatro de tanta jerarquía artística y cultural; pero, en fin, no pude menos de admirar aquello, porque a nadie se le hubiera ocurrido hacerle esa especie de fluoroscopía a una orquesta sinfónica, sobre todo durante la interpretación de la *Danza macabra*.

Al concluir la obra, vino de golpe la más completa oscuridad entre aplausos estruendosos; y cuando, también de golpe, volvió la luz un segundo después, la orquesta y el director habían desaparecido.

Salí al vestíbulo en el intermedio, y allí pude ver mejor a la muchacha de que antes hablé. ¡Mi antigua conocida y la desconocida aquella eran idénticas! Le dirigí la palabra, pero fingió no verme ni escucharme, lo mismo que había hecho el portero, lo mismo que hacían ahora los demás, y lo mismo que hicieron después los amigos que me había parecido ver entre el público. Volví a verlos, en el vestíbulo, donde pude observarlos mejor. ¡Mis antiguos amigos y aquellos desconocidos eran idénticos! También les dirigí la palabra, y también fingieron no verme ni escucharme.

Entonces miré hacia el inmenso espejo que nos quedaba enfrente. Todos, menos yo, se reflejaban allí, detenidos en Tiempo y Espacio como en una fotografía, o mejor dicho, radiografía: la cruel radiografía de la Muerte, cuyo fotógrafo inexorable los había captado, en instantánea eterna, para un reportaje de la crónica amarilla, pues

sólo amarillentos y horribles esqueletos se reflejaban en aquel espejo.
En un teatro pueden suceder muchas cosas: las del escenario, pasen; las del vestíbulo, no. Y lo que no me hubiera horrorizado en el escenario, me horrorizó en el vestíbulo.

Me sentí como el condenado a muerte momentos antes de ver abrirse, hundirse bajo sus plantas el tablado del patíbulo para quedar de pronto suspendido en el aire, colgado de una soga por el cuello. Y sabiendo el terreno que pisaba, logré escapar de allí tan milagrosamente como pudiera hacerlo un condenado a la horca momentos antes de su ejecución.

Sin embargo, por grande que sea el miedo del hombre, es mucho mayor su curiosidad. Y volví al teatro cuando calculé que el intermedio había terminado, deseoso de escuchar la segunda parte del programa y pensando que tal vez lo del vestíbulo había sido también obra del luminotécnico.

Pero así como antes hallé encendido el teatro, ahora lo vi envuelto en sombras. Sacos de arena, de cemento, ladrillos y otros materiales de construcción, dispersos, se amontonaban aquí y allá. Gruesos maderos apuntalaban todo el edificio, y me llamó la atención un letrero innecesario que decía: *"Cerrado por reparaciones"*.

1.° de noviembre de 1983

LA VENTANA TAPIADA

El colegio donde estudiábamos había sido antiguamente un monasterio, y aún conservaba en sus frías y altas paredes las marcas de puertas y ventanas que alguna vez fueron tapiadas con el evidente propósito de aislar o clausurar ciertas partes del edificio.

Hallándome solo en la biblioteca, un día de lluvia descubrí por pura casualidad, cerca del techo, detrás de un cuadro, el sitio donde había existido una pequeña ventana.

En la escena interior que el cuadro representaba se veía una pared manchada por la humedad de alguna filtración. Y aquello parecía tan real, que uno necesitaba tocar la pared del lienzo para comprobar que estaba seca. Pero en esta oportunidad me hallaba seguro de que una verdadera filtración calaba el cuadro y que únicamente ojos menos observadores que los míos hubieran podido atribuir esa humedad al arte del pintor.

Me había convencido de esto mirando hacia el cuadro mientras meditaba en un pasaje de mi libro predilecto: *Las mil y una noches*.

La lluvia arreciaba. Así, dejando en la mesa el libro por un momento, acerqué al cuadro una de las escaleras de mano de la biblioteca, y subí para tocarlo.

Estaba completamente seco. No conforme con esta prueba, lo separé de la pared un poco, alzándolo por debajo para no descolgarlo, y palpé detrás del cuadro esa sección de la pared. También estaba completamente seca. Y no conforme con esto tampoco, empecé a golpearla instintivamente con los nudillos. En esa parte de la pared había una grieta y la señal inconfundible que suele dejar una ventana tapiada. Y yo deseaba comprobar la solidez de la obra de albañilería, esperando que los golpes de mis nudillos me revelaran la existencia de alguna zona hueca cuyo sonido misterioso me fascinaba, pues tenía la costumbre de hacer esto mismo en todas las paredes, y, cuando sonaban a hueco, me hacían pensar en puertas secretas, compartimientos ocultos, tesoros escondidos, cadáveres emparedados y otras fantasías por el estilo.

Introduje en la grieta mi cortaplumas; y a una ligera presión de éste, cayeron algunos pedazos dejando al descubierto dos ladrillos cuyas junturas no llenó bien un albañil descuidado.

Entre los dos ladrillos había un agujerito; mirando con un solo ojo por este pequeño intersticio, ¡vi nada más y nada menos que parte de un antiguo mercado persa, en plena actividad y de colorido fantástico bajo la luz del sol! Pero no me fue posible observar por mucho tiempo esta maravilla, pues pronto sentí pasos que se acercaban a la biblioteca.

Bajé, recogí los pedazos que habían caído, los escondí lo mejor que pude, y guardé silencio. No quería participar mi descubrimiento a los demás internados ni a los profesores.

Cada vez que tenía una oportunidad, a hurtadillas y con mucha prisa, pues sólo disponía del tiempo justamente contado para no ser sorprendido, me deleitaba contemplando, aunque fuese a medias, verdaderas escenas de *Las mil y una noches* a través del agujerito de aquella ventana tapiada. Durante siete meses, fui dueño absoluto de un mundo mágico: ora veía un harén; ora la venta de hermosas esclavas; ora espléndidos banquetes con los más ricos manjares, en el interior de suntuosos palacios; ora bellísimas doncellas danzando alrededor de un opulento sultán que ostentaba las piedras preciosas más rutilantes... Pero, llegado el último día del séptimo mes, vi una escena en verdad, en verdad horrible: un hombre, cuyo rostro se me quedó grabado para siempre en la memoria, estrangulaba a una mujer cuyo rostro tampoco he podido olvidar nunca. Después de rematar cobardemente a su víctima, con la que se hallaba completamente a solas en lujoso aposento, el verdugo comenzó a descuartizarla, pues sin duda tenía la idea de sacar a la calle los pedazos del cadáver, poco a poco, y deshacerse de ellos uno a uno, para no despertar sospechas. Y en efecto, una vez que llevó a feliz término su difícil trabajo de carnicería, el descuartizador empaquetó por separado la cabeza, el tronco y las extremidades de la desgraciada.

Fue lo último que vi a través del agujerito aquel.

Pasado algún tiempo, la prensa publicó los sucesivos y macabros hallazgos de una cabeza de mujer, empaquetada, irreconocible ya por su avanzado estado de descomposición, y de unas extremidades y un tronco, también de mujer e igualmente empaquetados y ya irreconocibles.

Habían detenido a un sospechoso, cuya fotografía reconocí al momento: ¡era el asesino y descuartizador de aquella infeliz! Y se publicó la fotografía de la presunta víctima: una actriz cuya reciente y misteriosa desaparición se había reportado, y cuyo rostro también reconocí al momento como el de la descuartizada.

Mi declaración, como único testigo presencial, entregó al asesino en manos de la Justicia.

Él era un genial escenógrafo y luminotécnico, adicto a las drogas. Había alquilado al propietario del antiguo monasterio aquel local de entrada independiente, y allí, con algunos amigos drogadictos, entre los cuales se contaba su futura víctima, acondicionó un estudio de "escenografía experimental" para hacer demostraciones privadas, y por supuesto secretas, con la ayuda y actuación de esos amigos, todos, como él, bajo el efecto de las drogas.

El ejemplar de *Las mil y una noches* ocupa hoy lugar de honor en la biblioteca del colegio, y posiblemente mañana, cuando sean mostrados a los visitantes el cuadro y la ventana tapiada, se conserve todavía, y ya para siempre, el desconchado en la pared.

7 de noviembre de 1983

UNA CARTA DE ULTRATUMBA

Como para hacerle honor a su nombre, mi amigo Hermes era en verdad hermético. Vivía en el mundo completamente cerrado de sus sueños, de los cuales sólo a mí, de tarde en tarde, solía contarme algunos.

Hermes, por ejemplo, conservaba una colección de cartas escritas a mano por su difunta esposa y dirigidas a él cuando ésta era su novia; y al quedar viudo, comenzó a enviárselas a sí mismo por correo, periódicamente, para revivir, al recibirlas de nuevo, la emoción de aquellos lejanos días. Colocaba cada carta, en su sobre respectivo, dentro de un sobre un poco mayor, en el cual escribía su nombre y su actual dirección; y luego, al abrir la correspondencia y encontrar dentro del sobre mayor el más pequeño enviado a su antigua dirección de soltero, besaba aquella letra inconfundible: la besaba en el sobre, y la besaba en la carta, que leía y releía como si fuera la primera vez.

Pero en cierta ocasión el cartero le trajo una sorpresa: un sobre escrito por ella misma un día o dos antes de su entrega. No cabía duda: la fecha del matasellos era legible y exacta. Y tampoco cabía duda: la propia difunta había escrito de su puño y letra, en el centro del sobre, el nombre y la nueva dirección del destinatario; y en la parte superior izquierda, donde es costumbre poner el nombre y la dirección del remitente, había escrito con claridad su nombre y la dirección de "La Gaviota": la residencia en que ambos vivían cuando ella falleció.

La carta, escrita de su puño y letra y fechada también un día o dos antes de su entrega, era muy breve:

Adorado esposo:
Sé que no me olvidas, y sufro al saber que sufres.
No es justo que sigas enviándote a ti mismo por
correo mis propias cartas. Con eso te haces daño
y me lo haces a mí. Pero ven a verme a "La Ga-

viota" el día 13 de este mes a las doce en punto de la noche. Me materializaré en la sala de nuestro antiguo nido de amor. Ven solo. No le digas a nadie que has recibido esta carta ni que acudirás a esta cita.

Tu esposa que tampoco te olvida...
Mercy

En efecto: Hermes, que creía en el espiritismo, no le habló a nadie de esta carta: ni siquiera a mí. Y acudió a la cita, solo, sin decírselo a nadie; ni a mí, por supuesto.

"La Gaviota", abandonada al fallecer su esposa, había sido edificada por ellos en el paraje más alto de solitaria costa cortada de golpe, de un solo tajo vertical. Arriba, el viento, que era allí muy fuerte, corría y aullaba como un lebrel herido. Abajo, el mar, que era allí muy profundo, rugía peligrosamente como esperando la presa apetecida.

Hermes entró linterna en mano, pues no había servicio eléctrico en la residencia; y cuando encendió las velas del candelabro de plata junto al piano de cola, negro como un ataúd y polvoriento, las telarañas, colgando del techo de la sala, fingían flotantes túnicas de fantasmas terríficos; pero caían sobre el retrato de su esposa con la gracia de un velo nupcial.

Hermes miró el reloj que se le impacientaba en la muñeca y le buscó el tictac con el oído. No, no se había parado; pero le impedía escucharlo bien el tictac, mucho más fuerte, de su propio corazón.

Sentándose al piano, Hermes le golpeó las teclas para acallar aquel tictac y aquel latido, sin ver que alguien, que había estado espiándolo detrás de una cortina, se le acercaba por la espalda para golpearle la cabeza y vengar un antiguo agravio que la víctima no recordaba, pero que el victimario le hizo recordar después de identificarse. Y cuando se lo hubo explicado todo, absolutamente todo, sin omitir detalle, comenzó a rematar en el suelo al desgraciado, que no salía de su asombro sino para entrar en la sombra de la muerte sujetando entre las manos la supuesta carta de su difunta esposa, cuya letra había falsificado el vengador.

Como explicó al moribundo, el asesino le sustrajo de su colección una de aquellas cartas; la fotocopió; la restituyó en seguida, y la fotocopia le sirvió para estudiar la letra y la firma con tiempo suficiente y hacer un trabajo a conciencia, con la ciencia y paciencia que corresponden a un maestro de la falsificación.

Como asimismo explicó al moribundo, el asesino había estacionado su automóvil a conveniente distancia, oculto en un bosquecillo;

portando una linterna, había ido a pie hasta la casona, para esperar a Hermes, y había abierto la puerta con una ganzúa que luego le sirvió para sacarle los ojos antes de rematarlo.

Finalmente, tal como había prometido al moribundo, arrastró el cadáver, que aún sujetaba entre las manos la carta de ultratumba, y lo introdujo en el automóvil del propio Hermes; borró todas las huellas; cerró herméticamente la casa; situó dicho automóvil al borde del acantilado, lo más cerca que pudo, de cara al precipicio; lo cerró también herméticamente, y procedió a empujarlo, poco a poco, por detrás.

Allá arriba, en "La Gaviota", el viento se retorcía y aullaba como un lebrel herido. Allá abajo, a gran profundidad, el mar, insondable, rugía con fuerza inusitada como esperando su presa.

El automóvil, ataúd hermético, cayó al fin con estrépito en la tumba también hermética del mar.

Las olas saltaban a mayor altura. El viento soplaba con mayor violencia. Pero el asesino permanecía impasible contemplando el grandioso espectáculo.

Allí, en el paraje más elevado de aquella solitaria costa cortada de golpe, de un solo tajo vertical, no había más testigos que la vieja casona abandonada; el mar, que esa noche rugía con furia extraña devorando su presa; el viento, que ululaba una siniestra serenata a la Luna enrojecida; la propia Luna, y por supuesto el vengador, que no podía ser otro que yo mismo.

12 de abril de 1984

EL RUISEÑOR DEL SEÑOR RUIZ

He aquí un buen comienzo para un cuento:
"El señor Ruiz tenía un ruiseñor..."
Pero, lamentablemente para el señor Ruiz, y afortunadamente para el ruiseñor, el cuento no comienza así. Sino así:
En el traspatio del edificio de apartamentos había un pino y un naranjo. Y en abril, a la medianoche, con Luna llena, un ruiseñor cantaba en el pino, o cantaba en el naranjo. Por lo que el poeta y su amada, que lo escuchaban embelesados, le decían, indistintamente, "el ruiseñor del pino" o "el ruiseñor del naranjo". De este modo se forman los apellidos: del Pino, o del Naranjo. Ruiseñor del Pino, o del Naranjo, era tanto como señor del Pino o señor del Naranjo.
El ruiseñor, pues, era del Pino o del Naranjo, pero no era de ningún señor Ruiz.
El poeta y su amada, soñando despiertos, escuchaban al ruiseñor, y luego se dormían plácidamente.
Nadie más lo escuchaba. Y era mejor así. El poeta y su amada no habían hablado de él a los vecinos, porque más temían por la libertad que por la vida del ruiseñor, y un gato no hubiera podido subir a tal altura.
El señor Ruiz era uno de esos vecinos, sordo como ellos. Pero era más envidioso que sordo, y por eso, a pesar de su sordera, escuchó al ruiseñor y le puso una trampa, en la cual cayó el infeliz pajarito. El hipócrita y risueño señor Ruiz era peor que los gatos: no codiciaba la vida del ruiseñor, sino que envidiaba su canto y su libertad.
El ruiseñor del pino o del naranjo pasó a ser "el ruiseñor del señor Ruiz", como empezaron a decirle los vecinos, que hasta ese momento no lo habían escuchado y que a partir de entonces se deleitaban escuchándolo cantar en la jaula.
He aquí un buen título para un cuento:
El ruiseñor del señor Ruiz.
El poeta supo esperar la ocasión propicia. Era la medianoche. Subió por el muro. Llegó a la ventana, que estaba abierta, y entró.

El ruiseñor del señor Ruiz cantaba, mientras roncaba el risueño señor Ruiz.

Lo primero que hizo el poeta fue abrir la jaula y liberar al ruiseñor para que los vecinos no pudieran escuchar su canto.

Después sustrajo de la cartera del señor Ruiz un sobre con documentos importantes que éste se hallaba en la obligación de presentar al siguiente día, e introdujo un sobre idéntico, pero con documentos comprometedores que lo llevarían a la cárcel cuando los mostrara sin saberlo.

El poeta no quería que el señor Ruiz encarcelara de nuevo al ruiseñor. Por eso quería que encarcelaran para siempre al señor Ruiz.

Pero el señor Ruiz se despertó al escuchar afuera el canto del ruiseñor, que había dejado de ser "el ruiseñor del señor Ruiz" y que era otra vez "el ruiseñor del Naranjo" o "del Pino".

El señor Ruiz encendió la luz sobresaltado. Había escuchado un ruido adentro, y creyó que era un malhechor que intentaba robarle sus joyas y asesinarlo.

El poeta lo observaba sin ser visto. El señor Ruiz estaba enfermo del corazón. Tenía un vaso de agua al alcance de la mano. Temblaba de miedo en su lecho buscando en la mesa de noche un frasco de píldoras. Se ahogaba. Al fin lo encontró. Al abrirlo nerviosamente, se le cayó de las manos y todas las píldoras rodaron por el suelo. Trató de levantarse para recogerlas. No pudo. Una sola de esas píldoras lo hubiera salvado. El poeta, inmóvil, seguía observándolo sin ser visto.

Minutos después, lo mismo que el poeta había librado piadosamente de la jaula al ruiseñor, la muerte libró piadosamente de la cárcel al señor Ruiz.

En abril, a la medianoche, con Luna llena, en el naranjo o en el pino, cantaba "el ruiseñor del Pino" o "del Naranjo".

Sólo el poeta y su amada lo escuchaban.

He aquí un buen final para un cuento:

"El señor Ruiz tenía un ruiseñor."

28 de abril de 1984

LA VENGANZA DE LA COTORRA

I

Primero, la gente decía:
"La cotorra no se murió porque le dieran a comer perejil, que no se lo dieron. La cotorra se murió, ¡porque la mataron de tristeza!"
Y era verdad.
Después, la gente comentaba:
"Pero la venganza de la cotorra fue horrible."
Y también era verdad.
Conocí en mi niñez al matrimonio Pérez-Gil. Ludovico Pérez-Gil luchaba en vano por triunfar en los negocios. Elvira, su abnegada esposa, sufría con entereza las estrecheces económicas y era una buena ama de casa. Vivían solos. Y aunque no habían tenido hijos, amaban a los niños con ternura y comprensión sin límites. Prueba de ello es que los niños de la vecindad podíamos corretear libremente por su jardín, ya que, según nos decía el matrimonio, los juegos y las risas infantiles alegraban su casa, bastante soturna por cierto.
El jardín rodeaba toda la residencia, un poco ruinosa pero aún altiva, que había sido propiedad de los padres de Ludovico y que era lo único que éste había heredado a la muerte de aquéllos. Los árboles no dejaban ver el número desde la acera rota. El portal de columnas con enredaderas, amplísimo, resultaba muy apropiado también para nuestros juegos. Algunos desconchados abatían un tanto la antigua soberbia de la fachada, y la aldaba de bronce de la puerta principal era una cara fantástica con los ojos desorbitados y la lengua afuera, en una mueca que expresaba, al mismo tiempo, la Burla, el Dolor y el Terror.
El matrimonio Pérez-Gil había comprado la cotorra de un marinero italiano, el cual, sin duda con el solo propósito de vendérsela, le dijo que estas aves, sobre todo las de pico alegre, son portadoras de la bue-

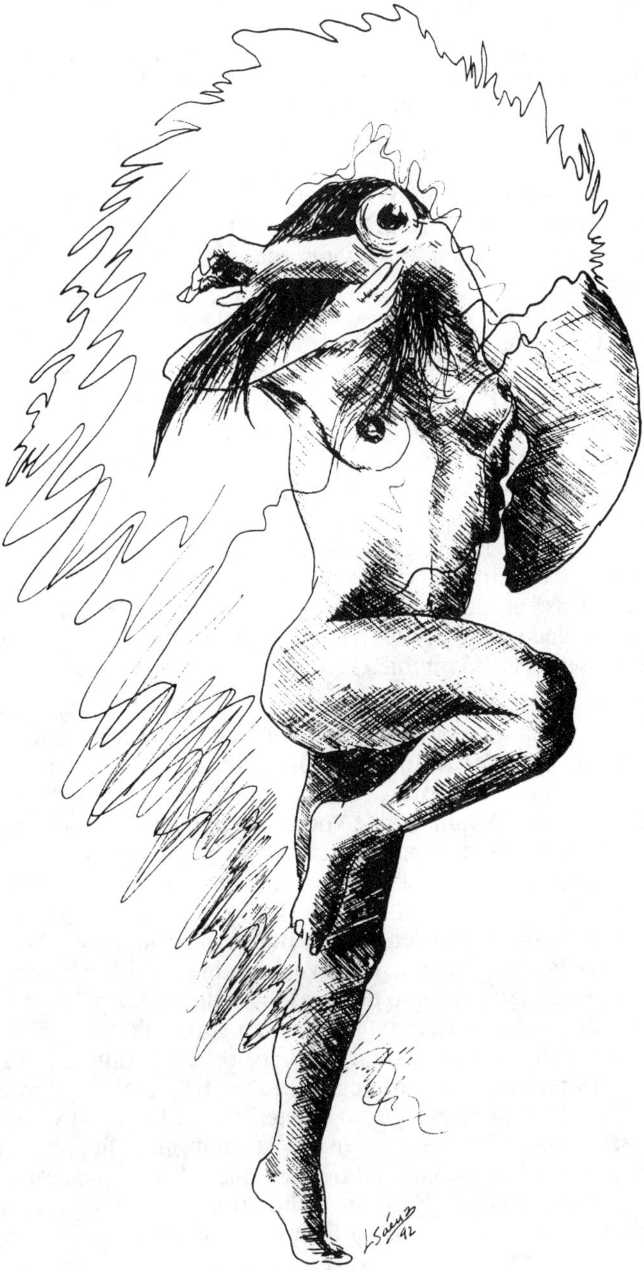

na suerte para sus legítimos dueños; y el matrimonio, creyéndolo así, la adoptó en calidad de mascota.

El plumaje parecía una bandera por sus vistosos colores, entre los cuales predominaba el verde de la esperanza. El pico tenía la gracia de la palabra alegre, libre, osada, chistosa, más subida de tono que el verde del plumaje. Y el marinero le había puesto por nombre Laura.

¡Qué animalito tan simpático! ¡Qué inteligente y juguetón! ¡Y las malas palabras que decía! Como para recogerlas en el *Diccionario etimológico de las malas palabras* que se propone publicar un afamado lexicógrafo.

Pronto Ludovico y Elvira se encariñaron con la cotorra. Pronto la cotorra se encariñó con Elvira y Ludovico. Y pronto la Fortuna llamó a la puerta de los Pérez-Gil. Un golpe de suerte cambió su vida y sus costumbres. Pintaron la casa; bruñeron la aldaba de bronce; compraron muebles de lujo; comenzaron a recibir visitas de la alta sociedad; nos prohibieron jugar en el jardín, y ya les molestaba la cotorra. ¡Claro! La muy salada era trilingüe, o sea, decía malas palabras en tres idiomas: español, inglés e italiano. Y decidieron esconderla en el último cuarto de la casa. Pero allí, en ese húmedo, cruel e injusto encierro, donde ni siquiera entraba un rayito de sol, ni escuchaba una frase de cariño, ni aspiraba una gota de aire puro, la pobre cotorra, encogida y triste, perdió el apetito y el habla; y al cabo de unos meses, ¡perdió también la vida!

La muerte de la cotorra hizo reaccionar al fin a Ludovico y Elvira. ¡Qué horrendo crimen habían cometido! Decía un escritor que "la ingratitud es la falta de memoria del corazón". Y entonces, sólo entonces, con lágrimas en los ojos, recordaron todo el bien que la cotorra les había hecho. ¡Ay miserable condición humana! Y así le habían pagado: encerrándola en un cuarto oscuro y dejándola morir sola, de tristeza, súbita y despiadadamente abandonada después de haberla acostumbrado día a día a sus mimos. Estaban tan arrepentidos, y tanto les remordía la conciencia, que hubieran hecho lo indecible por borrar aquella mala acción. Pero ya no había remedio: nunca más la cotorra les llenaría el vacío de la casa, y el del corazón, trayéndoles la suerte con su alegre parlería. Y como era imposible reparar el daño y resucitar a la cotorra, llamaron al mejor taxidermista para que la disecara y poder conservarla para siempre. Éste realizó un excelente trabajo. Le devolvió el aspecto que tenía cuando estaba viva, contenta y saludable, y la colocaron en la sala, en lugar de honor. ¡Claro! ¡Como ya no podía hablar...! Lo único que faltó es que le hicieran un monumento. Pero de hecho se lo hicieron, valga la redundancia, situándola en ese lugar, y se lo hicimos en nuestro corazón todos los niños del barrio: sus mejores amigos.

El matrimonio Pérez-Gil nos llamó para que la viéramos disecada con tal arte, asegurándonos que así olvidaríamos la mala impresión que nos produjo el haberla visto acabada de morir y que nos consolaríamos imaginándonos que estaba viva otra vez.

—¡Mentira! —gritamos a coro, con toda la fuerza de nuestros pulmones, al entrar en la sala, donde nos cuadramos militarmente.

Luego, también a coro, pero bajando la voz y la cabeza, dijimos entre sollozos:

¡Pobrecita cotorrita!
¡Se engurruñó y se murió!

De pronto, con una corneta, cuando los Pérez-Gil menos lo esperaban, di un fortísimo, prolongado, solemne y tétrico toque de silencio que los hizo saltar y los paralizó electrizándolos de pies a cabeza.

Al cabo de un minuto, otro niño dejó escuchar un impresionante redoble de tambor.

Todo lo teníamos muy bien ensayado, y acto seguido comenzamos a desfilar ante la cotorra, mientras el tambor marcaba el ritmo de una marcha fúnebre cuya desgarradora melodía entonábamos con la boca cerrada.

El más pequeño de nosotros, encabezando el desfile, enarbolaba una bandera fantástica, de un país imaginario, cuyos colores representaban los de la cotorra: el rojo, el anaranjado, el amarillo, el verde, ¡sobre todo el verde!, el azul y el azul turquí.

De cuando en cuando deteníamos la marcha para señalar acusadoramente con el índice a los Pérez-Gil y decirles al unísono, llevando con el dedo el compás de la frase:

¡Pobrecita cotorrita!
¡Se engurruñó y se murió!

Y seguíamos desfilando una y otra vez ante la cotorra, de izquierda a derecha y de derecha a izquierda.

Terminada la extraña ceremonia, los Pérez-Gil, después de permanecer largo rato en silencio, dijeron a dúo, en voz baja, encogiendo los hombros, enseñando la palma de las manos y moviendo afirmativamente la cabeza:

¡Pobrecita cotorrita!
¡Se engurruñó y se murió!

Lloraban. Ellos, al igual que nosotros, la recordaban viva, cuando traveseaba como un duende por toda la casa, jugando al escondite, dando vueltas de carnero y haciendo mil diabluras.

Toda la vida lamentarían lo ocurrido, así como el no haberla retratado nunca, sola o con ellos, ni haber grabado su voz.

Cuando ya nos íbamos, nos dijeron que podíamos volver cuantas veces lo deseáramos.

Ninguno volvió, empezando por mí, que aún, a pesar del tiempo transcurrido, de tarde en tarde repito mentalmente, como una cancioncilla fúnebre:

¡Pobrecita cotorrita!
¡Se engurruñó y se murió!

II

A raíz de los acontecimientos que he referido, y en vista de lo mucho que me habían afectado, mi familia cambió de casa y de barrio con el propósito de hacerme olvidar lo que jamás olvidaría.

Seguí mis estudios en el suelo natal, donde los terminé, y fui a ampliarlos a Europa, donde más tarde residí por algún tiempo. Durante todos esos años, desde que mi familia se mudó hasta que regresé últimamente del extranjero, no había vuelto a poner los pies en casa de los Pérez-Gil, pero tampoco había perdido el deseo de hacerlo, como al fin lo hice, principalmente para ver de nuevo a la cotorra disecada, si es que la conservaban todavía.

Así, cumpliéndose el deseo del niño por encima de todas las trabas psicológicas del hombre, y cumpliéndose el deseo del hombre por encima de todas las trabas psicológicas del niño, llegué una tarde a casa de Ludovico y Elvira. En el jardín, muy descuidado por cierto, en un pequeño merendero circular, colgaba una piñata y se celebraba una fiesta infantil, como en mis buenos tiempos. Una lágrima quiso entonces asomarse a mis ojos, pero yo se lo impedí con una sonrisa que no llegó a humedecerse, retorcida y seca como esas hojas que crujían bajo mis plantas alfombrándoles el camino hasta el portal.

Otra vez algunos desconchados abatían un tanto la antigua soberbia de la fachada.

Me detuve un minuto ante la puerta para admirarle aquella verdadera pieza de museo: aquella aldaba de bronce, de cara fantástica con los ojos desorbitados y la lengua afuera en una mueca que expresaba, al mismo tiempo, la Burla, el Dolor y el Terror.

Después de ese minuto de silencio y concentración, llamé con cuatro sonoros y solemnes golpes de la aldaba, como sólo yo solía hacerlo en mi niñez.

Al escuchar aquellos golpes característicos, los esposos Pérez-Gil corrieron hacia la puerta y, abriéndola, me reconocieron en seguida, me abrazaron fortísimamente con lágrimas en los ojos, me mandaron pasar y me rogaron que los aguardase un momento en la sala.

Allí estaba, intacta, la cotorra. Y allí estaba, también intacta, la bandera hecha por nosotros. La habían puesto en un marco, al lado de la cotorra, frente a la ventana grande con vidrios de colores en la parte superior.

Los colores de la bandera y los de la cotorra correspondían exactamente a los de los vidrios que coronaban esa ventana, con una salvedad: la bandera y la cotorra tenían seis colores, y los vidrios eran siete.

Los colores de la bandera presentaban, a capricho, diferentes formas, tamaños y posiciones; pero el que ocupaba mayor espacio era el verde.

Las junturas o varillas de los vidrios semejaban las de un abanico multicolor abierto en semicírculo sobre la ventana.

En ese momento, un rayo de sol, pasando a través del vidrio rojo, avivaba el rojo de la bandera. Y el rojo de la bandera tenía la misma forma, el mismo tamaño y la misma posición que proyectaba este vidrio. Otro rayo de sol, pasando a través del vidrio anaranjado, avivaba el anaranjado de la bandera. Y el anaranjado de la bandera tenía la misma forma, el mismo tamaño y la misma posición que proyectaba este vidrio. Otro rayo de sol, pasando a través del vidrio amarillo, avivaba el amarillo de la bandera. Y el amarillo de la bandera tenía la misma forma, el mismo tamaño y la misma posición que proyectaba este vidrio.

El sol no daba aún en el vidrio verde, cuyo tamaño era mucho mayor que el de los que he mencionado hasta ahora. (En realidad, había dos vidrios, el verde y el violeta, cuyo tamaño era mucho mayor que el de los demás.)

Esto no tiene nada que ver con los hechos relatados ni con los que relataré a continuación; pero permítaseme que lo diga, aunque sea sólo a título de curiosidad:

Mientras aguardaba cómodamente sentado en la sala, tan llena de recuerdos para mí, me entretuve pensando que, de establecerse una correspondencia entre los siete colores del espectro y los siete sonidos de la escala, el *rojo* correspondería a la nota *do;* el *anaranjado,* a la nota *re;* el *amarillo,* a la nota *mi;* el *verde,* a la nota *fa;* el *azul,* a la nota *sol;* el *azul turquí,* a la nota *la;* y el *violeta,* a la nota *si:* nota que los teóricos de la antigüedad decidieron no nombrar; y que precisamente el vidrio *verde,* o *fa,* y el vidrio *violeta,* o *si,* por ser los de mayor tamaño, representaban el famoso intervalo *fa-si,* que los propios teóricos de la antigüedad evitaban denominándolo *diabolus in musica* y al que muchos asignaban un poder maléfico.

Ruego a mis lectores u oyentes que me perdonen esta pequeña digresión.

Tanto demoraron los señores Pérez-Gil en volver, que ya el sol daba en todo el vidrio verde y avivaba también el verde de la bandera, cuando escuché el inconfundible parloteo de una cotorra mezclado con la risa y palmoteo de los niños.

—¡Qué cotorreo! —me dije—. ¡Qué palmoteo! Sin duda, deben haber roto la piñata. Pero... ¡qué raro!: ¿una cotorra en casa de los Pérez-Gil? Ellos juraron que no volverían a tener otra: ¡ninguna!

Observé entonces que el verde de la bandera tenía la misma forma, el mismo tamaño y la misma posición que proyectaba el vidrio de igual color; y asomándome a otra ventana, vi a los niños, que efectivamente acababan de romper la piñata, y, entre ellos, una mujer extrañísima llamó poderosamente mi atención.

Vestía traje de paño verde cotorra, de chaqueta y saya; blusa con algunos detalles de color anaranjado, amarillo, azul y azul turquí, y llevaba un pañuelo rojo alrededor del cuello.

Al verme los señores Pérez-Gil, que jugaban con los niños y con esa mujer tan estrafalaria, se acercaron a la ventana y, dándome la mano, volvieron a saludarme con hondo afecto, me ofrecieron mil excusas y me invitaron a participar de la fiesta, a lo que gustosamente accedí.

La mujer del traje verde parloteaba mucho; y mi primera impresión fue que se había puesto una careta de cotorra y que imitaba la voz de estos animales. Pero pronto salí de mi error: ¡lo que me había parecido una careta, era su cara; y aquella voz era la suya! La nariz y la boca se hallaban formadas por una sola protuberancia corva y córnea, o acaso de piel endurecida. No sé. Ni quise averiguarlo haciendo preguntas indiscretas cuando los Pérez-Gil me dijeron que ésa era su hija y que, aunque aparentaba tener muchos años más, estaban celebrándole los quince. Había nacido el mismo día en que se conmemoró el primer aniversario de la muerte de la cotorra, y le habían puesto por nombre Laura, de común acuerdo, cuando aún se hallaba en el vientre de la madre: si la criatura que esperaban era una niña, su nombre sería el de la cotorra. Primero, ante el cadáver de ésta, habían jurado que si el cielo les concedía la gracia de tener una hija, le pondrían por nombre Laura para desagraviar y honrar a la cotorra. Y después, sin saber aún que iban a ser padres, ya que Elvira era estéril, habían rogado al cielo que les concediera el milagro de tener

una hija para poder cumplir aquel juramento.
 Quedé atónito por lo que acababa de escuchar, y observé detenidamente a la estrafalaria criatura. En verdad, no le faltaba un detalle para ser una cotorra completa. Mejor dicho: lo único que le faltaba era decir: "¡Pan para la cotorrita!" Y al fin lo dijo. Esto ya no me sorprendió. Sin duda, era una retrasada mental; y, físicamente, un extraño caso de mala conformación congénita, o malformación, de naturaleza desconocida, tal vez de origen hereditario.
 Antes de marcharme, manifesté mis deseos de entrar de nuevo en la sala; y en esta ocasión lo hice acompañado de los esposos Pérez-Gil. Ya el sol daba en el vidrio azul y avivaba el azul de la bandera. Y el azul de la bandera tenía la misma forma, el mismo tamaño y la misma posición que proyectaba este vidrio. Ya el sol, finalmente, dando en el vidrio azul turquí, avivaba el azul turquí de la bandera. Y el azul turquí de la bandera tenía la misma forma, el mismo tamaño y la misma posición que proyectaba este vidrio. Entonces la brisa movió repentinamente las ramas de los árboles; y el movimiento de las ramas de los árboles se reflejó en cada uno de los seis colores de la bandera a través de cada uno de los seis vidrios de colores, comunicando a toda la bandera, en el marco, la ilusión de un movimiento propio.
 El sol no daba aún en el vidrio violeta cuando me despedí.

III

Al cabo de unos meses, visité por penúltima vez aquella casa. Nuevamente la Fortuna había llamado a la puerta de los Pérez-Gil. Otro golpe de suerte había vuelto a cambiar su vida y sus costumbres. La casa estaba recién pintada, y bruñida la aldaba de bronce.
 Lo primero que hice fue preguntar por Laura.
 Habían tenido que encerrar a la infeliz en el último cuarto para que las visitas de la alta sociedad no se horrorizaran al verla, ni se escandalizaran al escuchar las malas palabras que, en el curso de esos meses, había aprendido no se sabe de quién.
 Y no sólo tuvieron que esconderla, sino encerrarla finalmente allí, porque a causa de su aislamiento se había vuelto loca y su furia era incontenible y peligrosísima; tanto, que sus constantes gritos, según me confesaron los padres, no los dejaban dormir y ahuyentaban a las visitas.
 —¿Sus constantes gritos? ¿Cómo no los escucho? —les dije.
 Elvira, bajando la cabeza, comenzó a explicarme pausada y nerviosamente:
 —Laura... Laura...

—¿Murió? —le pregunté interrumpiéndola.
Ludovico, bajando también la cabeza, concluyó la frase:
—Laura no está en casa, sino en un manicomio.
Los esposos Pérez-Gil guardaron silencio. El sol daba en todos los vidrios cuyos colores correspondían a los de la bandera, y cada color de la bandera se avivaba con el color de cada vidrio. Y el sol también daba ahora en el único vidrio cuyo color no correspondía a ninguno de los de la bandera ni a ninguno de los de la cotorra. Sí; el sol, pasando a través del vidrio violeta, daba directamente sobre la cotorra, y avivaba con este color, que la cotorra no tenía, todos los colores que tenía la cotorra: el rojo, el anaranjado, el amarillo, el verde, el azul y el azul turquí, modificándolos y comunicándoles un aspecto fantasmal, envolviendo a la cotorra dentro de un espacio luminoso mucho mayor que ella, y proyectando su sombra, muy aumentada, en la pared. Entonces la brisa movió repentinamente las ramas de los árboles; y el movimiento de las ramas de los árboles se reflejó en cada uno de los seis colores de la bandera a través de cada uno de los seis vidrios de colores, comunicando a toda la bandera, en el marco, la ilusión de un movimiento propio; y el movimiento de las ramas de los árboles se reflejó en cada uno de los seis colores de la cotorra a través del séptimo vidrio, que era el violeta, comunicando a toda la cotorra, dentro de su amplio y luminoso espacio, la ilusión de un movimiento propio que me causaba un terror indefinible.

Sentí deseos de marcharme inmediatamente, y me levanté para despedirme sin dar explicaciones. Ellos no las necesitaban. Eran muy buenos observadores, conocían muy bien mi temperamento impresionable y nervioso, y se daban cuenta cabal del efecto que me había producido aquella escena fantástica.

—Continuaremos nuestra conversación cuando hayan podado los árboles —fue lo único que les dije.

—Mañana mismo los podaremos —me respondió Elvira.

Y Ludovico me aseguró:

—¡Mañana mismo!

—Pues mañana mismo volveré —les prometí—. A esta misma hora.

Y al día siguiente, a la hora convenida, reanudamos nuestra conversación.

Los Pérez-Gil habían mandado podar los árboles; mas he aquí que a la puesta del sol, convertido de pronto en gigantesca bola de fuego, las espadas más rojizas de sus rayos atravesaron de una vez los siete vidrios de colores reflejándose en la bandera y en la cotorra. Curiosamente observé que el vidrio verde y el violeta, que eran los de mayor tamaño, eran también los de mayor rareza por efecto de este golpe de luz que me causaba cierto malestar.

Entonces, afuera, una mariposa movió repentinamente las alas entre la roja llamarada del sol y el vidrio violeta, buscando posarse en ese único vidrio; y el movimiento de sus alas se reflejó en cada uno de los seis colores de la cotorra a través del vidrio violeta, bajo la roja llamarada del sol poniente, comunicando a toda la cotorra la ilusión de un movimiento propio, semejante a un sueño febril. Parecía que la cotorra, de un momento a otro, iba a abrir las alas y el pico, a volar, a decir o hacer algo. Si hubiera durado un segundo más, la proyección de esta especie de linterna mágica me habría destrozado los nervios. Afortunadamente, el sol se fue de pronto; y, con él, la mariposa.

Viéndome tan afectado, Ludovico y Elvira no quisieron que me marchase y me rogaron que me quedara a cenar.

Acepté la invitación; pero después el tiempo se puso tan malo, tronando con tal fuerza, que, aunque sólo lloviznaba, tampoco quisieron que me marchase y me quedé conversando con ellos.

Al poco rato comenzó a llover.

Se había ido la luz eléctrica y nos alumbrábamos con un candelabro en la sala, cuando nos sorprendió la medianoche. A esa hora, alguien llamó a una de las ventanas golpeando suavemente el cristal con los nudillos al tiempo que, detrás de las rejas, los relámpagos iluminaban su rostro espectral. ¡Era Laura, que se había escapado del manicomio! Ludovico, Elvira y yo no sabíamos qué hacer; pero, por supuesto, decidimos no dejarla entrar. Entonces Laura llamó violentamente a la puerta durante más de una hora. Primero, con los puños. Después, con la aldaba. Sus golpes eran tan fuertes que hacían retumbar toda la casa estremeciéndola al par de los truenos.

Cuando Laura dejó de golpear la puerta y sentimos que sus pasos se alejaban hasta hacerse imperceptibles, pensamos: "¡Al fin se cansó y se fue!" Y pudimos respirar con más tranquilidad. Pero a los cinco minutos regresó y comenzó a derribar la puerta con un hacha que había ido a buscar en el cuarto de desahogo donde se guardaban las herramientas, situado en el traspatio. El ataque de furia le daba tanta fuerza que bastaron unos cuantos hachazos: ¡la puerta se hizo astillas y Laura pudo entrar!

Con el hacha en alto, avanzó hacia nosotros. Vestía una especie de camisón blanco que le quedaba grandísimo, enorme, y tan largo que lo arrastraba y se le enredaba en los pies al caminar. Tenía el perfil más corvo y sobresaliente a causa de su extrema delgadez, y la ropa empapada, chorreando agua. Deponiendo su actitud agresiva, colocó el hacha a los pies de la cotorra disecada, como ofrenda o en señal de paz. Las mangas, muy anchas, le llegaban hasta los dedos.

Parecía un demonio. Ludovico tomó el hacha entre sus manos para evitar males mayores. Laura volvió a enfurecerse y trató de arrebatársela. Ludovico mantenía el hacha en alto. Elvira también trataba de arrebatársela. Tal vez su corazón de madre presentía una desgracia. Sólo el candelabro y los relámpagos iluminaban la escena. ¡La risa de la loca, estridente como la de una cotorra, era más fuerte que los truenos!... ¡más fuerte que los alaridos de horror de Ludovico!... ¡más fuerte que los gritos de horror de Elvira!

Aprovechando la confusión, eché a correr en busca de auxilio; y habiéndome alejado sólo unos metros, detuve un instante la carrera y miré instintivamente hacia atrás para verlos por última vez. En ese momento, con estrépito ensordecedor y luz enceguecedora, un rayo cayó sobre el hacha que los tres se disputaban manteniéndola en alto, y los tres rodaron por el suelo, ya cadáveres, ante la cotorra disecada. ¡Sí: los tres, fulminados por el mismo rayo!

El chispazo incendió las cortinas, y el fuego se extendió rápidamente por toda la casa convirtiéndola en hoguera: una hoguera de llamas increíbles, gigantescas y multicolores, en su mayoría verdes, verdes, muy verdes.

El incendio duró hasta el amanecer sin que nada ni nadie pudiera combatirlo. Fue tan voraz como una fiera que sólo el tiempo logró dominar cuando su hambre se había saciado y de la presa no quedaban más que algunas sobras.

Y he aquí que al siguiente día, entre los escombros, apareció, reluciente aún, la aldaba de bronce, que era una cara fantástica con los ojos desorbitados y la lengua afuera, en una mueca que expresaba, al mismo tiempo, la Burla, el Dolor y el Terror; aparecieron los cadáveres carbonizados de los esposos Pérez-Gil y de su hija, y reapareció, en triunfo, la cotorra disecada, milagrosamente intacta, no entre los escombros, sino encima de ellos, flotando sobre un mar de cenizas, como hecha de un material incombustible, insumergible, invulnerable a todo.

¡Sí! ¡Sépase de una vez!
¡El fuego no la había consumido!
¡Su venganza se había consumado!

7 de mayo de 1984

EL MAGO

A la gente le gusta que la engañen, aun sabiendo que la engañan. Pero eso sí: que la engañen bien; que se tomen el trabajo de engañarla con arte; porque la vida es, ante todo, una representación artística, una comedia —¿divina, humana, infernal?... ¡no importa!—, y la gente ama la vida, es decir, ama esa comedia. De ahí la ventaja que tienen los llamados vendedores de ilusiones sobre los no llamados vendedores de desengaños. Los primeros siempre hallarán compradores; los segundos, no lograrán deshacerse de su mercancía ni regalándola.

Por eso fui aquella noche al *Teatro Imperio*, de Roma, aprovechando mi paso por la capital italiana en viaje de regreso a mi país. Quería ver la actuación de un gran artista cuya fama se había extendido por todo el orbe: Simón el Mago.

La prensa destacaba que éste se dio a conocer al mundo actuando por primera vez en Roma, donde debutó hacía muchos años, en 1945; y señalaba que precisamente en el año 45 de la era cristiana fue cuando se presentó en Roma aquel otro Simón el Mago de que nos habla la Biblia. Aprovechando esta coincidencia cronológica, y siendo también Simón su verdadero nombre, el nuevo mago, para rodearse de mayor misterio, decidió ocultar su nacionalidad y su apellido. Después de todo, si en realidad se llamaba Simón y el arte que ejercía era la magia, su nombre artístico, y a la vez ajustado a lo real, no podía ser sino el que inteligentemente había escogido: Simón el Mago.

Este Simón el Mago había comprado el *Teatro Imperio* después de recorrer el mundo durante muchos años y ganar una fortuna. Se había establecido definitivamente en Roma, y se había convertido en atracción turística de primer orden desde que anunció que ya sólo actuaría en su propio teatro: el único que reunía todas las condiciones necesarias para un espectáculo de tal magnitud y complejidad como el suyo.

La función a la que asistí comenzó con un desfile que encabezaban, montados en un elefante hindú, Simón el Mago y su ayudante Frida, que era a la vez su amante: una mujer exótica y bellísima que, al sonreír bajo la luz multicolor de reflectores especiales para lograr este efecto, mostraba un brillante legítimo artísticamente incrustado en uno de sus dientes. Y los destellos del brillante deslumbraban desde allí a todo el público mientras se escuchaba la música, igualmente brillante, de la gran orquesta del *Teatro Imperio*.

Yo había visto a Simón el Mago en las fotografías que publicaba la prensa, y me parecía conocerlo, aunque no recordaba de dónde; pero ahora, viéndolo personalmente, estaba casi seguro de que era mi compatriota, antiguo amigo y condiscípulo Simón Simán. Y me propuse averiguarlo durante el intermedio, haciéndole una visita en su camerino.

Mientras tanto, me deleité con aquel espectáculo inolvidable, cuyos números se sucedían sin interrupción en el gran escenario giratorio.

Uno de los números representaba un ruedo. Primeramente salía Simón el Mago, vestido de torero, y después salía un toro de verdad. Al pasar bajo la capa del torero, el toro desaparecía en el aire; y salía un segundo toro por donde mismo había salido el primero. Al pasar bajo la capa, el segundo toro también desaparecía en el aire; y salía un tercer toro por donde mismo habían salido el primero y el segundo. Y así hasta que habían salido y desaparecido seis toros. Al salir el séptimo, el torero echaba la capa al suelo y le hacía señas con las manos al animal para que se detuviera; conseguido lo cual, se le acercaba; lo hipnotizaba; lo acostaba en la arena; lo ponía rígido; hacía que después se elevara en el aire, y, cogiéndolo entonces por el rabo, le daba vueltas y más vueltas por el ruedo, lo impulsaba, y finalmente lo soltaba arrojándolo como un proyectil sobre los espectadores. El público daba un grito de horror. El toro se disolvía en el aire, y un trueno de vivas y aplausos coronaba la actuación del genial artista, de quien podían esperarse siempre las cosas más insólitas en una ininterrumpida sucesión de sorpresas. ¡Por algo era Simón el Mago!... ¡Por algo se había hecho millonario: un millonario que seguía siendo artista por encima de sus millones, porque más amaba lo sensacional, el estruendo de los aplausos y el esplendor de la gloria, que el dinero silencioso y opaco!

Realmente increíbles eran todos los números de aquel espectáculo sin comparación: extraña mezcla de *circo* (por ejemplo, el domador que en la jaula de las fieras se hacía invisible para reaparecer y hacer invisibles a las fieras); *ópera, ballet* (por ejemplo, breves escenas de obras famosas con variantes mágicas e imprevistas)... en fin: múltiples representaciones, riquísimo despliegue de personajes y épocas, fastuosos vestuarios y rápidos y magistrales cambios de escenografía (por ejemplo, Simón el Mago en Samaria y Babilonia, en la antigua Roma o en el mundo de *Las mil y una noches*).

Como me lo había propuesto, durante el intermedio le hice llegar mi tarjeta a Simón el Mago y en seguida me recibió en su camerino con vivas muestras de júbilo, pues era el mismo que yo suponía y se acordaba de mí perfectamente. Su amante Frida lo acompañaba.

El maestro Simón, como le decían todos, era de cabeza grande, frente amplia, nariz aguileña, mirada dura y penetrante, rostro anguloso de fuertes trazos, hombros estrechos y pequeña estatura.

Frida, mucho más joven que él, era una rubia platinada, alta, de exótica belleza. Al serme presentada, sonrió mostrando el famoso brillante artísticamente incrustado en uno de sus dientes. "Sin duda —me dije—, he aquí la obra conjunta de un gran joyero y de un gran dentista."

Los tres sostuvimos una conversación breve pero muy animada y cordial. El mago me invitó a cenar con ellos cuando terminara la función, que estaba a punto de reanudarse, y volví a mi asiento.

Cuando se abrió el telón, había en el centro de la escena un armario con adornos chinescos. El mueble descansaba sobre cuatro patas, suficientemente altas para que el público pudiera ver que no había nada entre éste y el escenario.

El mago abrió las puertas y mostró el interior del mueble:
—Nada por aquí... Nada por allá.

Y mostró las restantes caras del armario haciéndolo girar varias veces sobre las ruedas de sus patas:
—Nada por aquí... Nada por allá.

Volvió a colocarlo de frente al público, sin cerrar las puertas. Le acercó una escalerilla. Frida subió y se introdujo allí, donde permaneció de pie. Luego, mirando fijamente hacia el público, sonrió, y los reflectores de luz multicolor le irisaron el brillante del diente.

El mago retiró la escalerilla. Volvió a mostrar las restantes caras del armario haciéndolo girar de nuevo. Y colocándolo otra vez de frente al público, cerró de golpe las puertas y de golpe las abrió. En menos de un segundo, Frida había desaparecido:
—Nada por aquí... Nada por allá.

El mago volvió a mostrar las restantes caras del armario haciéndolo girar de nuevo. Y colocándolo otra vez de frente al público, cerró de golpe las puertas y de golpe las abrió. Frida no había aparecido aún.

El mago hizo un leve gesto de contrariedad. Nuevamente, con más fuerza, cerró de golpe las puertas y de golpe las abrió. Frida no aparecía.

El mago turbado sudaba. Nuevamente, con más fuerza aún, cerró de golpe las puertas y de golpe las abrió. Frida continuaba sin aparecer.

El mago tembló de pies a cabeza. Desplegó toda su energía. Repitió la misma operación decenas de veces. Frida no reapareció. El mago retiróse al fin precipitadamente de la escena. Había dejado las puertas del armario de par en par abiertas. Al cabo de varios minutos se cerró el telón. El público pensó que eso formaba parte del espectáculo. Pero el tiempo transcurría. Como a la media hora, a telón cerrado, un altoparlante anunció que la función se había suspendido y que en la taquilla se le devolvería el dinero al público. Así, sin más explicación. El desconcierto fue general. El público no quería dar crédito a lo que había escuchado, y permaneció en los asientos. El tiempo seguía pasando. El público no se marchaba. Exigía que continuara la función. Empezó a protestar; y el desorden fue de tal magnitud, que acudió la policía y, al enterarse de lo sucedido, trató de apaciguar los ánimos e inició las investigaciones.

Mientras tanto, yo había ido al camerino de Simón para escuchar de sus labios algo más que estas simples palabras:

—No sé lo que ha pasado.

En vano insistí:

—No sé lo que ha pasado. No me lo explico —eran las únicas palabras que brotaban de sus labios.

Me quedé con él toda la noche, al igual que los integrantes del espectáculo, sin excepción alguna, y allí nos sorprendió el amanecer rodeados de periodistas y curiosos.

Luego acompañé a Simón hasta su casa, y él me rogó que no me marchase. Es más: me suplicó que aplazara por el tiempo que fuere necesario mi viaje de regreso, señalado para dentro de unas horas, hasta que se supiera lo que había sucedido.

Al día siguiente recogí en el hotel mis pertenencias y las llevé para casa de Simón.

Las funciones se suspendieron por tiempo indefinido.

Pasaron semanas y meses... ¡y Frida seguía sin aparecer: ni viva ni muerta! No había dejado el más leve rastro.

Los comentarios de la prensa continuaban siendo tan contradictorios como al principio:

FRIDA DESAPARECE BUSCANDO MÁS PUBLICIDAD...

FRIDA SE FUGA CON OTRO AMANTE...

FRIDA VÍCTIMA DE CRIMEN PASIONAL...

FRIDA ENTRA EN OTRA DIMENSIÓN...

Todo era posible y nada se sabía.

Según algunos, los padres de Frida aseguraban que el mago la había amenazado con estas palabras días antes de la desaparición: "¡Mía, viva; o de nadie, muerta!" Pero los propios padres negaron haber dicho semejante cosa.

Cuando se hicieron las investigaciones de rigor, que fueron exhaustivas, Simón el Mago quedó libre de toda sospecha y el caso fue declarado insoluble.

Sonia, una de las principales figuras del espectáculo, pasó a ocupar el puesto de Frida como ayudante del mago, y comenzaron los ensayos para la reanudación de las funciones.

Durante los meses transcurridos desde la desaparición de Frida, se habían estrechado los lazos de amistad entre Simón el Mago y yo, y el afecto había crecido más entre nosotros; a tal punto que, cuando consideré oportuno regresar a mi país, me despidió con tristeza y me hizo prometerle que volvería pronto a Roma y que me hospedaría en su casa todo el tiempo. Yo también me despedí de él con tristeza; volví a Roma en cuanto pude, al cabo de un año, aunque sólo por unos días, principalmente para verlo; me hospedé en su casa, y lo hallé muy bien acompañado.

Sonia, que ya había sustituido a Frida como ayudante de Simón, también la había sustituido ahora como amante del mago y era casi tan famosa como Frida. (Frida sólo la superaba porque había desaparecido.)

Y he aquí que Sonia, rubia platinada, de exótica belleza, pero más alta y joven que Frida, ostentaba un brillante artísticamente incrustado en uno de sus dientes desde que se había convertido en la nueva amante del mago.

Llegué a casa de mi amigo por la mañana, y por la noche asistí al *Teatro Imperio*.

La función comenzó con su tradicional desfile que encabezaban, montados en un elefante hindú, Simón el Mago y Sonia. Y cuando Sonia sonreía bajo la luz multicolor de reflectores especiales para lograr este efecto, mostraba en uno de sus dientes ese brillante, cuyos destellos deslumbraban desde allí a todo el público mientras se escuchaba la música igualmente brillante de la gran orquesta. Y dije entre mí: "Así pasan las glorias de este mundo".

La segunda parte del programa, después del intermedio, también comenzó con el mismo número durante el cual había desaparecido Frida.

Allí, en el centro de la escena, estaba el propio armario con adornos chinescos.

El mago, como aquella vez, abrió las puertas y mostró el interior del mueble:

—Nada por aquí... Nada por allá.

Y mostró las restantes caras del armario haciéndolo girar sobre

sus ruedas:
—Nada por aquí... Nada por allá.
Volvió a colocarlo de frente al público, sin cerrar las puertas. Le acercó una escalerilla. Sonia subió y se introdujo allí, donde permaneció de pie. Luego, mirando fijamente hacia el público, sonrió, y los reflectores de luz multicolor le irisaron el brillante del diente.
El mago retiró la escalerilla. Volvió a mostrar las restantes caras del armario haciéndolo girar de nuevo. Y colocándolo otra vez de frente al público, cerró de golpe las puertas y de golpe las abrió. En menos de un segundo, Sonia había desaparecido:
—Nada por aquí... Nada por allá.
Nuevamente el mago cerró de golpe las puertas y de golpe las abrió. En menos de un segundo, Sonia había reaparecido con un vestido distinto del que tenía menos de un segundo antes.
El mago le acercó la escalerilla. Sonia descendió triunfalmente. El público los ovacionaba.
Entonces el mago, sin retirar la escalerilla, cerró de golpe las puertas y de golpe las abrió. En menos de un segundo, apareció otra muchacha con un vestido idéntico al de Sonia, y descendió para situarse al lado de ésta entre aplausos triunfales.
El mago siguió cerrando y abriendo de golpe las puertas, y de igual modo siguieron apareciendo muchachas, todas idénticamente vestidas, hasta colmar el escenario.
Luego, con Simón el Mago y Sonia al frente, comenzaron a danzar; pero, como el armario ya les estorbaba, el mago mandó detener un momento la danza, y de un puntapié lanzó el mueble fuera del escenario, a gran altura. Los espectadores dieron un grito de horror al ver que el armario les caería encima, y dieron un grito de admiración al ver que el armario había desaparecido.
Fue una noche realmente gloriosa, y seguí visitando todos los años a Simón el Mago para pasar unos días con él y disfrutar de su espectáculo, en el cual siempre había sorpresas y números nuevos, aunque, por supuesto, se mantenían los números principales, como el que acabo de reseñar.
Hacía un lustro de la desaparición de Frida, cuando, hallándome de vuelta de uno de estos viajes a Roma, leí en la prensa de mi país que Sonia también había desaparecido en circunstancias idénticas, durante la presentación del mismo número en el que aquélla había desaparecido dentro del propio armario donde ahora había desaparecido ésta.
Inmediatamente volví a Roma para acompañar a mi amigo en esta nueva desgracia: ¡nueva, y a la vez igual en todos sus detalles! La misma búsqueda infructuosa, los mismos comentarios, las mismas in-

vestigaciones... hasta que, pasados unos meses, el caso fue declarado insoluble.
Simón el Mago tornó poco a poco a sus actividades. Tania, otra de las principales figuras de su espectáculo, sustituyó a Sonia, y el genial artista siguió cosechando éxitos junto a la nueva compañera que había escogido.
Ésta, igualmente rubia platinada, de exótica belleza, pero más alta y joven que Sonia, comenzó a exhibir un brillante artísticamente incrustado en uno de sus dientes tan pronto como se hizo amante del mago.
Algunos años después, en viaje hacia Roma para visitar a Simón el Mago como siempre lo hacía, me enteré de la desaparición de Tania, ocurrida en presencia del público en las mismas circunstancias que las desapariciones anteriores. El periódico donde acababa de leer la noticia se me cayó de las manos, y estuve a punto de caer también.
Cuando llegué a casa de mi amigo y nos abrazamos, me sentí como el espectador que comienza a ver por tercera vez la misma película sin saber que le han cambiado el final.
El caso también fue declarado insoluble. Simón el Mago también quedó libre de toda sospecha, pero estaba enfermo, muy enfermo, y tenía que someterse a una difícil y peligrosa intervención quirúrgica, con muy pocas probabilidades de salvar la vida.
Los médicos se lo habían comunicado así, como era su deber, para que pudiera, si ello fuere necesario y lo deseaba, dejar en regla sus asuntos y hacer las disposiciones finales que estimare oportunas.
Y precisamente de eso quería hablarme Simón el Mago. Yo era su único amigo, y sólo creía en mi absoluta discreción para confiarme algo de la mayor importancia.
Estábamos a solas en el lugar más sombrío y solitario de su solitaria y sombría residencia: un despacho situado al fondo, cuyas ventanas daban a un jardín interior. La tierra húmeda inquietaba el olfato de la noche, y una paz de cementerio estremeció el frío silencioso. No sé por qué extraña asociación de ideas pensé en Frida, en Sonia y en Tania. Extraña fue también la pregunta que me hice mentalmente: "¿A dónde habían ido a parar?" Entonces miré hacia afuera por una de las ventanas. Una idea inesperada pasó por mi mente, y dije entre mí, sin darme cuenta: "A lo mejor están enterradas en el jardín." ¡Oh, sí: lo dije mentalmente, sin darme cuenta, pero el corazón me dio un vuelco al decirlo! Un extraño brillo, semejante al de la locura, relampagueaba en los ojos de Simón el Mago. Extraña era la asociación de ideas. Extraño el brillo de sus ojos. Todo me parecía extraño aquella noche.
Casi despidiéndose de mí con el último adiós, pues a la mañana si-

guiente ingresaría en el hospital y ya no tendríamos tiempo de hablar estas cosas, Simón el Mago me entregó un cofrecito de bronce, muy pequeño, que pesaba mucho para su tamaño, y me rogó que lo guardara y que no lo abriera nunca.

Se levantó un momento; dio unos pasos de león enjaulado, yendo y viniendo de un extremo al otro de la habitación; volvió a sentarse; me miró fija y largamente, en silencio, y añadió estas instrucciones acerca del pequeño y pesado cofre que acababa de entregarme:

Si él se salvaba, yo se lo devolvería. Si él moría, yo arrojaría el cofrecito a lo más hondo de las aguas del Tíber, sin decírselo a nadie y sin que nadie me viese; pero recalcó que en ninguna circunstancia lo abriera.

Desde ese instante me convertí en el único custodio del gran secreto de Simón el Mago. Y efectivamente, cuando el genial artista falleció a los pocos días, arrojé el pequeño y pesado cofre a lo más hondo de las aguas del Tíber. Pero, segundos antes, dominado por la curiosidad y no pudiendo resistir la tentación, lo abrí un momento, sólo un momento, y volví a cerrarlo en seguida. El interior del cofrecito estaba forrado de terciopelo rojo. ¡En sendas ranuras estaban depositados tres brillantes!... ¡Y cada brillante estaba incrustado en un diente humano distinto!

16 de mayo de 1984

UN ASESINATO FRUSTADO

Aunque algunos piensen lo contrario, siempre he sido un hombre de buen corazón. Jamás he manchado de sangre mis manos, y nunca lo haré; ante todo, porque sólo el verla me produce mareos y desmayos. Pero aquel maldito viejo sabía demasiado acerca de mí, *¡sí, sabía demasiado!*, y yo había decidido librarme de él a toda costa.

El muy miserable acababa de formular, en secreto, una infame y cobarde acusación contra un inocente, y éste, que pudo enterarse, le juró que lo mataría.

El viejo estaba enfermo del corazón, y era extremadamente miedoso.

El inculpado, a quien yo conocía de vista, usaba camisetas de rayas, era más o menos de mi estatura y peso, y se había dejado crecer la barba.

El viejo compartía conmigo su pan y su techo. Y como vivíamos los dos solos en aquel antiguo caserón, se me ocurrió comprarme una camiseta de rayas y una barba postiza para que me tomara por el otro y poder matarlo de un susto, de noche, sin derramar una sola gota de sangre, porque ya he dicho que la sangre me pone muy nervioso.

¡Ja, ja, ja! ¡Qué risa me daba pensar de antemano en la escena, disfrutarla en todos sus detalles anticipándome a los hechos por medio de la imaginación! ¡Sí, sí! ¡Qué divertido! ¡Ja, ja, ja! Estaba disfrazado con la camiseta de rayas y con la barba postiza. Alzaba un cuchillo en la mano derecha. Entraba de puntillas en el cuarto del viejo. El viejo roncaba. Lo despertaba de pronto, encendiendo la luz y haciendo un ruido. El viejo temblaba al verme... ¡y el miedo lo mataba! ¡Ja, ja, ja!

Al fin llegó el momento largamente premeditado.

Encomendé mi alma a Dios, pidiéndole que me perdonara —si ello era posible— por aquella reprobable pero necesaria acción que iba a cometer.

Con la camiseta de rayas, la barba postiza y el cuchillo alzado en la mano derecha, entré de puntillas en el cuarto del viejo. El viejo roncaba. Encendí la luz. Hice un ruido. El viejo no se despertó. Una mujer joven, alta, de pie, con un vestido antiguo, velaba el sueño del viejo a la cabecera de su cama. En la mesa de noche estaba el retrato de esta misma mujer. ¡Yo conocía bien ese retrato... ¡lo había visto tantas veces!..., y sabía muy bien que esta mujer no era otra que la difunta madre del viejo!

Nunca creí —ni creo— en aparecidos. No obstante, aquella aparición —pues así debo calificarla— me impidió cometer aquel asesinato. Y salí de la habitación tal como había entrado en ella, de puntillas, pero temblando ahora de miedo y lleno de vergüenza... porque, a Dios gracias, aunque algunos piensen lo contrario, ¡siempre he sido un hombre de buen corazón!

19 de mayo de 1984

EL CAMPANERO

Un extraño desasosiego de origen nervioso me atormentaba desde hacía mucho tiempo. Como parte del plan para combatirlo, mi médico me recomendó algunos días de reposo físico y mental en aquel tranquilo y retirado convento del siglo XVI, uno de cuyos monjes, su hermano mayor, era el médico de la comunidad, y muy amigo mío, lo mismo que él, desde nuestra época estudiantil.

Acepté la sugerencia, pues no sólo me interesaba conocer el convento sino consultar ciertos manuscritos antiguos que únicamente allí se conservaban y que me serían útiles para una obra que me propongo escribir; y como el superior lo sabía y admiraba los anteriores frutos de mi trabajo, me admitió en seguida y allá me trasladé.

El convento se hallaba, en verdad, muy lejos de la población, en el lugar más apartado y silencioso que pueda imaginarse.

Vastísimos terrenos incultos lo rodeaban, y llegábase a él por una senda tortuosa y estrecha que se perdía, serpenteando, entre frondosos y corpulentos árboles que le quitaban el sol.

Una altísima tapia cercaba el edificio y lo separaba o resguardaba del mundo. Innumerables pinos, sembrados interiormente alrededor de la tapia, asomaban al exterior sus copas puntiagudas en forma de manos que se juntan y se elevan al cielo en actitud de plegaria.

Los primeros días que pasé en el convento resultaron beneficiosos para mi salud, aunque tampoco allí logré verme libre de esa vaga sensación de miedo y angustia que ha sido siempre el tono fundamental de mi vida. Pero encontré alivio en el silencio de sus jardines, admirando sus flores, paseando entre el murmullo de sus fuentes o reposando mi fatiga en la paz de sus bancos, donde meditaba durante largas horas a la sombra de árboles cuyas ramas se mecían acariciadas por la suavidad del aire y el canto de los pájaros.

La campana del convento era pequeña: tan liviana, que resultaba muy fácil de tañer; y tan sonora, que se oía en todo el edificio, jardines y huertas.

El más ilustre y sabio de aquellos monjes era precisamente el que otrora había rogado y conseguido que se le permitiera ejercer el humilde oficio de campanero, y que ahora, después de un nuevo ruego que también fue escuchado, como ya no podía caminar, tocaba la campana desde su propia celda, debidamente acondicionada para su salud en uno de los pisos superiores, junto al ancho pilar donde pendía la campana, valiéndose de un ingenioso procedimiento de su invención que hacía llegar la soga hasta el interior de la celda, manteniéndola al alcance de su silla de ruedas.

Fray Paulino el campanero, de edad muy avanzada, parecía la momia de sí mismo. Bastaba ver una fotografía de su juventud para convencerse de ello. Y bastaba conocer someramente su historia para sentir hacia él la más alta admiración y el respeto más profundo.

Versado en casi todas las lenguas, clásicas y modernas, poseedor de diversos títulos universitarios, Fray Paulino había sido, entre otras cosas, valeroso misionero, esclarecido profesor, eminente organista, y continuaba siendo una de las máximas autoridades en filología y hermenéutica.

Así, pues, tan pronto como tomé aliento y pude consultar los manuscritos, me relacioné con él, cuya sabiduría me resultó muy útil para desentrañar algunos pasajes.

La soga, la silla de ruedas, el gran reloj de la pequeña celda y el imprescindible queso de bola que acariciaba entre las manos como si fuera una representación del globo terráqueo, y del cual comía mientras conversaba, eran las notas características del ya anciano y enfermo Fray Paulino que tuve la dicha de conocer.

¡Cuánto amaban su oficio aquellas finas y débiles manos que siempre olían a queso y hacían sonar puntualmente la campana! ¡Y cuánto amaba al campanero aquella campana que siempre respondía a la más leve tensión de la soga, para evitarle el menor esfuerzo!

Sólo una vez no pudo Fray Paulino tocar puntualmente la campana. El médico del convento, otros monjes y yo, lo hallamos muerto en su silla de ruedas, sujetando fuertemente la soga tensa entre las manos, a la altura del abdomen: ¡tan fuertemente, como aferrándose a su amoroso y humilde oficio, que no hubo modo de abrirle las manos y separarlas de la soga!

En homenaje póstumo, a petición mía, el superior accedió a darle sepultura dejando entre sus manos el pedazo de soga que simbolizaba su trabajo; y el cadáver quedó solo, absolutamente solo, mientras fuimos en busca de lo necesario para cortar la cuerda y preparar las demás condiciones.

Anochecía. Y algún tiempo después, cuando nos encaminamos de nuevo hacia la celda de Fray Paulino, un extraño toque de campana

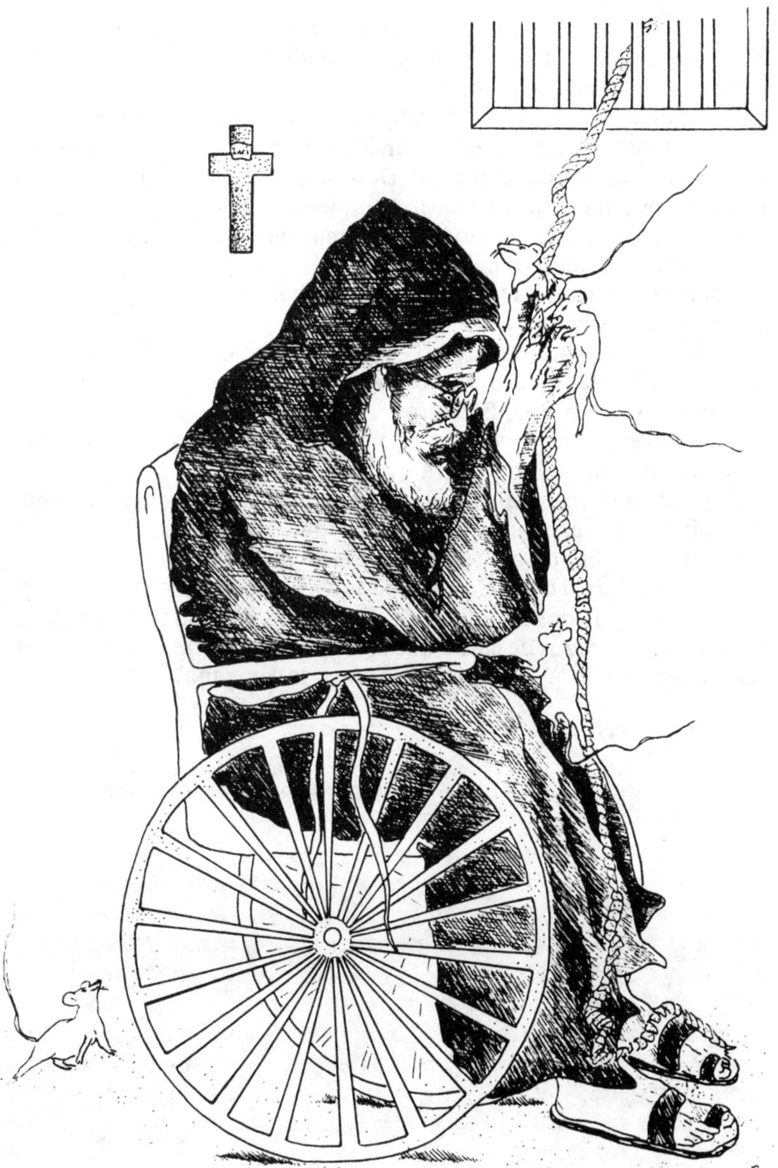
Sáenz
'92

nos detuvo ante su puerta, que no nos atrevimos a abrir, llenos de terror.
Era un toque débil, a destiempo, inexplicable. A este toque siguieron otros, un poco más fuertes, pero también inoportunos y sin ritmo. Después... ¡silencio absoluto!
No sabíamos qué hacer. Esperamos. Pronto se oyeron otros toques... ¡y otros!... ¡y otros!... ¡más fuertes!... ¡cada vez más fuertes!... ¡a intervalos irregulares! Después... ¡otra vez silencio absoluto! Y después... ¡otra vez los toques!... ¡macabros!... ¡sin ritmo!... ¡sin compás!... ¡pero cada vez más fuertes!... ¡más fuertes!... ¡como llegados del otro mundo!
Así nos sorprendió a todos la medianoche: ¡una horrible medianoche que jamás olvidaré!
—¡Dios mío! —dije entre mí— ¡Qué campaneo! No hay quien lo resista. La Verdad, por espantosa que sea, nunca puede ser peor que la suposición del propio Espanto.
Y entonces, de improviso, no el valor, sino el miedo, me hizo abrir la puerta de Fray Paulino para averiguar de una vez lo que sucedía.
El cadáver del campanero sujetaba aún la soga tensa entre sus manos. ¡Pero de esas manos había desaparecido casi toda la piel! ¡De esas manos había desaparecido casi toda la carne! ¡De esas manos habían quedado al desnudo casi todos los huesos! ¡Dos grandes ratas hambrientas y furiosas tiraban de esas manos con toda su fuerza para arrancarles trozos de carne que se disputaban en fiera lucha, tirando así también de la soga que hacía sonar la campana!

5 de junio de 1984

LA ENDEMONIADA

Conocí a Luz de la Cruz, hija de España, en el momento más sombrío y crucial de mi vida. Ella iluminó y bendijo con su amistad ese momento, y gracias a ella pude salir de la encrucijada por el camino del Bien, en vez de seguir el camino del Mal.

Luz de la Cruz era una mujer extraña y bella: extrañamente bella y bellamente extraña. Y sabía mucho, quizás demasiado: mucho más de lo que ella misma suponía y de lo que yo mismo podía suponer. Y era buena, probadamente buena, en toda la extensión de la palabra, sin la más leve sombra de maldad. Siempre lo fue y lo demostró. Pero algo perturbaba su salud corporal y la de su mente: algo que oscilaba, como un péndulo fatídico, entre la alergia y la psiquiatría.

—Una mañana —me contó cierta vez Luz de la Cruz—, cuando el sacerdote me dio la comunión, al solo contacto de la hostia, la lengua, los labios y el rostro se me hincharon de momento, y todos los presentes se horrorizaron al verme así, porque las facciones me habían cambiado de tal manera que en realidad parecía otra persona: ¡un monstruo!

Después de una pausa, Luz de la Cruz prosiguió:

—Sentí que me ahogaba. Y me puse tan nerviosa, que quise gritar, pero no pude. Al fin, con mucho trabajo, di un alarido espantoso, en el cual no reconocí mi propia voz, porque parecía el alarido de un demonio.

—Si esto hubiera pasado en tiempo de la Inquisición —comencé a decirle...

Y Luz de la Cruz terminó la frase:

—Me habrían condenado a la hoguera por un simple fenómeno inflamatorio, respiratorio y nervioso de carácter alérgico.

Luz de la Cruz me refirió entonces el aspecto psiquiátrico del propio fenómeno:

—Al sucederme aquello —dijo cerrando los ojos—, me pareció que no era la primera vez, pues en seguida creí recordar que ya me había sucedido lo mismo, precisamente en tiempo de la Inquisición.

Después de otra pausa, Luz de la Cruz fue abriendo los ojos y finalizó su relato:

—El especialista me puso un plan que surtió rápido efecto, y he continuado mi costumbre de comulgar todos los días sin que haya vuelto a presentarse reacción alérgica alguna. Pero ahora estoy bajo tratamiento psiquiátrico, ya que todas las noches tengo una pesadilla, siempre igual. Sueño que me hallo en tiempo de la Inquisición. Cada vez que comulgo, se me hinchan la lengua, los labios y el rostro. Me falta la respiración. Prorrumpo en alaridos ensordecedores. Luego... me veo ante el tribunal del Santo Oficio. Aclaro que padezco *alergia:* término que ellos desconocen y toman por palabra diabólica; y, como no me retracto, me condenan a morir en la hoguera. Logro escapar, y entonces me despierto sobresaltada, presintiendo que la pesadilla va a convertirse en realidad de un momento a otro.

Parte de la pesadilla de Luz de la Cruz comenzó a convertirse en realidad a los pocos días de esta conversación. Una mañana volvió a presentársele la misma reacción alérgica en el momento de comulgar. Y esta vez fue inútil el plan del especialista. Nunca más Luz de la Cruz pudo recibir la comunión sin que se le hinchasen monstruosamente la lengua, los labios y el rostro, y sin que prorrumpiese en espeluznantes alaridos.

Una noche desapareció de manera misteriosa. La policía la buscó en vano durante largos meses, hasta que supo la verdad y la reveló a la prensa:

Rudho Brotte, el sádico asesino de mujeres, acababa de ser capturado y confesar sus horrendos crímenes. Entre sus víctimas se contaba Luz de la Cruz, cuyos restos fueron hallados en un paraje solitario, cerca de la costa. Después de amarrarla al tronco de un árbol seco, el asesino le empapó las ropas en alcohol, le pegó fuego, y la quemó viva.

La sentencia del Santo Oficio se había cumplido inexorablemente. ¡Luz de la Cruz había muerto en la hoguera!

11 de junio de 1984

CITA ROTA

A cuantos, como ustedes, tuvieron la dicha de conocer a mi esposa, no necesito ponderarles sus virtudes, su espiritualidad, la bondad y elevación de sus sentimientos, su caridad y su fe, viva en sus obras. Ella y yo constituíamos el ideal del matrimonio perfecto, o casi perfecto, dentro de las naturales limitaciones humanas, muy pocas en nuestro caso, debo decirlo con honestidad, procurando no faltar a la verdad ni pecar de engreído.

Nuestras profundas y arraigadas creencias religiosas nos aseguraban que hay un cielo, al cual van las almas de los buenos, y un infierno, al cual van las almas de los malos. De esto estábamos plenamente convencidos. Y tanto nos queríamos, que no deseábamos separarnos nunca, ni aun después de la muerte. Nuestra reunión definitiva sería en el cielo, y para ello no debíamos apartarnos un segundo del camino del bien en la tierra.

Por todo lo dicho, y por otras muchas razones, quedé estupefacto, horrorizado, destruido, cuando mi esposa, inesperadamente, fue arrestada bajo la acusación de asesinato, juzgada, condenada a muerte y ejecutada.

Al principio me resistí a creer en su culpabilidad. Pero, como ustedes saben, a pesar de sus protestas de inocencia, que mantuvo hasta el final, las pruebas acumuladas y presentadas en su contra resultaron irrefutables y, desgraciadamente, ustedes y yo acabamos convencidos de que era una asesina.

Todos recuerdan bien el penoso proceso y no hace falta entrar en detalles ahora. Además, lo verdaderamente importante vino después.

En lo que a mí concierne, aun habiéndose cumplido la sentencia, agoté cuantas posibilidades se me presentaron y contraté los servicios de acreditados profesionales para demostrar la inocencia de mi esposa y lograr, al menos, su reivindicación *post mortem*.

Esfuerzo baldío. Su culpabilidad era evidente.

Así pasaron años... hasta que perdí toda esperanza y suspendí toda investigación.

Pero yo seguía queriéndola, y deseaba reunirme con ella. ¿En el cielo? ¡Imposible ya! Entonces... ¡en el infierno! Y que Dios me perdone por lo que iba a hacer en nombre del Amor. Si mi esposa había ido al infierno condenada por asesinato, yo también iría allí condenado por la misma causa. Y poco a poco, en mi mente desquiciada por tanto dolor, fue perfeccionándose desde aquel momento esta idea fija, y sólo tuve desde aquel momento este propósito: ¡cometer un asesinato para ir al infierno y poder reunirme allí con mi compañera de infortunio!

Sí, pero... ¿cómo, dónde, cuándo y a quién asesinar?

En nuestro jardín hallé la respuesta.

Yo necesitaba cometer un asesinato cuanto antes y, a la vez, evadir el castigo de la justicia humana. Era una necesidad no sólo de índole espiritual para reunirme con mi amada en el infierno, sino de índole moral para burlarme de esa justicia y de esos jueces en la tierra.

Nada más parecido a una tumba que un cantero.

Y aquel cantero, precisamente aquél, junto al cual trabajaba nuestro ya anciano jardinero, iba a convertirse en su tumba.

Y nada sería más parecido a un cantero que aquella tumba imprevista.

Reduciéndolo a la impotencia, en cuestión de segundos amordacé en el suelo al infeliz.

Atándolo de pies y manos, en cuestión de minutos lo enterré vivo en el cantero.

Hice desaparecer sus instrumentos de trabajo.

Borré todas las huellas.

Todo lo dejé como antes.

¡Sí! ¡Exactamente! Nada más parecido a una tumba que un cantero. Nada más parecido a un cantero que aquella tumba.

Y cuando calculé que el jardinero había fallecido por asfixia, respiré con más tranquilidad.

Pero, en ese preciso momento, llamaron a mi puerta para darme la siguiente noticia:

Un moribundo, en un hospital, había hecho una confesión insólita momentos antes de morir, tal vez movido por los remordimientos. Se había declarado culpable del horrendo asesinato atribuido a mi consorte. La confesión resultó exhaustiva. No había duda alguna. Las pruebas no podían ser más convincentes. La inocencia de mi esposa quedó demostrada... ¡y yo quedé pulverizado! Me sentía y estaba perdido, ¡irremisiblemente perdido!

Confesé mi crimen, pues ya nada me importaba en esta vida ni en la otra, separado de mi compañera de alegrías e infortunios para siempre, tanto en la tierra y en el cielo como en el infierno. Y los mismos que me habían dado la noticia se apresuraron a desenterrar al jardinero inútilmente sacrificado, pues al parecer abrigaban la sospecha (la esperanza o el deseo) de hallarlo vivo todavía.

No se sabe qué cosa impresiona más: enterrar a un vivo, desenterrar a un muerto... o desenterrar a uno que no ha muerto aún. ¡Esto último fue lo que sucedió entonces! Cuando lo desenterraron, el jardinero comenzó a dar indicios de vida. ¡Él, a quien yo creía muerto, estaba increíblemente vivo! ¡Y yo, que me creía irremisiblemente perdido, estaba milagrosamente salvado! Ya no era un asesino y podría reunirme con mi esposa en el cielo gracias a la oportuna intervención de mis amigos. Éstos, entre los cuales había un médico, lo desamordazaron, lo desataron y procedieron a reanimarlo. El jardinero al fin se incorporó. Estaba horriblemente manchado de sangre mezclada con lodo, pues parece que lo había lastimado sin querer al enterrarlo. Me acerqué para darle la mano y pedirle perdón. Pero, al verme, dio un grito de horror, caminó unos pasos tratando de huir... ¡y cayó muerto!

19 de octubre de 1984

DOS EN UNO

Alarico se despertó muy temprano aquella mañana, y no halló a su esposa en el lecho.
Después de un tiempo prudencial, extrañado, comenzó a llamarla:
—¡Elsa!... ¡Elsa!...
Pero Elsa no contestaba.
Se levantó para buscarla.
Pero Elsa no aparecía.
Pensó que habría salido.
Pero la puerta de la calle estaba cerrada con pestillo por dentro, lo mismo que la puerta del fondo, y era imposible salir por las ventanas, pues todas tenían rejas.
Entonces oyó que Elsa lo llamaba:
—¡Alarico!... ¡Alarico!...
Y Alarico se palpó la garganta, pues de allí, de su garganta, salía la voz de Elsa.
¡Elsa estaba metida dentro de Alarico!
Alarico no sólo escuchaba con toda claridad la voz de Elsa, sino que, al palparse la garganta, percibía por el sentido del tacto la vibración de aquella voz.
Alarico permanecía callado y con la boca cerrada: escuchando.
¿Qué había sucedido? ¿Cómo era posible eso?
Él únicamente recordaba que por la noche, cuando se acostaron a dormir, habían expresado, como de costumbre, apretándose en un fortísimo abrazo, el deseo de fundirse el uno con el otro, de ser dos en uno, y que Elsa había expresado ese deseo con más vehemencia que nunca, susurrándole al oído:
—¡Quisiera meterme dentro de ti!
Y el deseo de Elsa se había convertido en realidad.
Para cerciorarse, Alarico le preguntó:
—Elsa, ¿dónde estás?
—Estoy aquí, dentro de ti —Elsa le respondió.
Lo sucedido aquella memorable mañana sería digno de figurar en

una obra de ciencia ficción escrita por un Kafka romántico, si esa mezcolanza literaria fuera posible. Sin embargo, los hechos estaban ahí, eran más que posibles, absolutamente reales, y Alarico no soñaba ni estaba loco.

¿Qué hacer?

Elsa se había metido dentro de Alarico, y Alarico, asustado, fue a verme en seguida y me contó lo que le pasaba.

—Se trata —le dije— de un curioso caso de "plasmación mental volitiva".

Y acto seguido le di una explicación detallada, rigurosamente científica, que deseo mantener en secreto por ahora.

Sólo Alarico podía escuchar a Elsa y conversar con ella, y sólo él y yo sabíamos la verdad. Los demás nos creyeron locos. Y hasta hubo una investigación policíaca, pues alguien denunció la desaparición de Elsa.

Otra mañana, pasados unos nueve meses, Elsa se despertó muy temprano, y no halló a su esposo en el lecho.

Después de un tiempo prudencial, extrañada, comenzó a llamarlo:

—¡Alarico!... ¡Alarico!...

Pero Alarico no contestaba.

Se levantó para buscarlo.

Pero Alarico no aparecía.

Pensó que habría salido.

Pero la puerta de la calle estaba cerrada con pestillo por dentro, lo mismo que la puerta del fondo, y era imposible salir por las ventanas, pues todas tenían rejas.

Entonces oyó que Alarico la llamaba:

—¡Elsa!... ¡Elsa!...

Y Elsa se palpó la garganta, pues de allí, de su garganta, salía la voz de Alarico.

¡Alarico estaba metido dentro de Elsa!

Elsa no sólo escuchaba con toda claridad la voz de Alarico, sino que, al palparse la garganta, percibía por el sentido del tacto la vibración de aquella voz.

Elsa permanecía en silencio y con la boca cerrada: escuchando.

¿Qué había sucedido? ¿Cómo era posible eso?

¡Se habían cambiado los papeles!

Ella únicamente recordaba que por la noche, cuando se acostaron a dormir, Alarico había expresado, con más vehemencia que nunca, el deseo de que esto sucediera.

Y el deseo de Alarico se había convertido en realidad.

Para cerciorarse, Elsa le preguntó:

—Alarico, ¿dónde estás?

—Estoy aquí, dentro de ti —Alarico le respondió.
Elsa fue a verme en seguida y me contó lo que le pasaba.
—Se trata —le dije— de un curioso caso de "intercambio de plasmación mental volitiva".

Y acto seguido le di una explicación detallada, rigurosamente científica, complementaria de la que meses antes le había dado a Alarico y que, como aquélla, también deseo mantener en secreto por ahora.

Sólo Elsa podía escuchar a Alarico y conversar con él, y sólo Elsa y yo sabíamos la verdad. Los demás nos creyeron asimismo locos. Y hasta hubo una nueva investigación policíaca, pues alguien denunció esta vez la desaparición de Alarico.

Otra mañana, pasados unos nueve meses, Elsa se despertó muy temprano. Se sentía mal. Estaba gravemente enferma. Había soñado que, en una encarnación anterior, al quedar viuda de su actual esposo, la enterraron viva con el difunto, según cruel y antiquísima costumbre que su propio esposo fue el primero en alabar. Y que ahora tenía que cumplirse la ley del *karma*.

Pocos días después de haber soñado esto, Elsa falleció.

Alarico seguía dentro de ella. No hallaba forma de salir, ni yo manera de sacarlo. Mientras él lo escuchaba todo y todo lo sabía, nadie podía escucharlo a él ni darse cuenta de su desesperada situación.

La hora del entierro —del doble entierro— se acercaba más y más. Y cada minuto más eran sesenta esperanzas menos. Y cada segundo menos era una sombra más. Y cada minuto que pasaba caía sobre él con el peso de sesenta paletadas de tierra.

Al fin llegó la hora que yo había tratado en vano de aplazar, y tuve que despedir el duelo.

Aproveché la oportunidad para volver a denunciar públicamente el caso, y por último pedí no un minuto de silencio, sino dos: uno por Elsa y otro por Alarico.

Después dije:

—En paz descansen.

Terminado el piadoso acto no tan piadoso, se me acercó un amigo que portaba, según costumbre, una pequeña grabadora, y gentilmente me regaló la cinta magnetofónica donde había grabado mis palabras.

Guardé la cinta, sin escucharla, durante un año. Tan abatido estaba.

Hoy la escuché por primera vez, y acabo de enviar a la Academia de Ciencias una copia, como prueba del informe que oportunamente presenté allí.

La cinta no sólo grabó mis palabras: grabó lo que no hubiera podido captar ningún oído humano, lo que no había podido escuchar ninguno de los presentes en el cementerio: la voz inconfundible de Alarico, que se oía con entera claridad, sobre todo durante los dos minutos de silencio que pedí por Elsa y por él.

—¡No me entierren vivo! —Alarico gritaba y repetía—. ¡Sáquenme de aquí! ¡No me entierren vivo! —continuaba gritando y repitiendo sin cesar.

Al fin calló un momento.

Y cuando dije: "En paz descansen", un agudo sonido subrayó mis palabras: ¡un horrible alarido de Alarico!

27 de octubre de 1984

EL DESEMBARCO DE LOS HOMBRES SIN CABEZA

En el invierno de 1763, bajo la dominación inglesa, el frío, la niebla y el misterio de Londres dominaron también sobre la Habana. El Morro, apenas visible en pleno día, presentaba un aspecto singularmente desolado y lúgubre, lo mismo que el castillo de la Punta y el de la Fuerza. El paisaje y el ánimo estaban predispuestos para lo sobrenatural, y el corazón de la ciudad amurallada parecía latir con el sonido sordo y fúnebre de un tambor velado: un tambor que cubriese un paño húmedo. Y ese paño era el de la niebla, y esa humedad, que calaba los huesos, era la del misterio que con la niebla dominaba.

Una noche de enero de aquel año, a las doce en punto, "un marinero borracho", huyendo de no se sabía qué, entró precipitadamente, tambaleándose, en una taberna del puerto. Traía un pañuelo rojo atado alrededor del cuello, y comenzó a referir, con voz entrecortada, la extraña historia de unos hombres sin cabeza que había visto desembarcar momentos antes.

—Uno de esos hombres sin cabeza quiso cortarme la mía con un hacha —terminó diciendo.

Pronto se descubrió que el marinero no estaba borracho y que el color rojo del pañuelo era sangre: ¡sangre que manaba de su cuello y que con ese pañuelo trataba de contener!

La herida había sido superficial. La sangre al fin se contuvo, y el fugitivo no tardó en reponerse del susto que lo hacía tambalearse de miedo cuando llegó a la taberna.

—Pude escapar milagrosamente; pero los hombres sin cabeza son muchos y ya se acercan —agregó entonces Roland Thomas, que así se nombraba el marinero, a quien algunos de los circunstantes identificaron en seguida como antiguo conocido y persona sobria y veraz.

Era el 2 de enero de 1763, según lo consigna en sus memorias el licenciado don Juan Cabezón (o de Cabezón) y Mira, individuo del séquito del gobernador don Sebastián Peñalver y Angulo, y la taberna

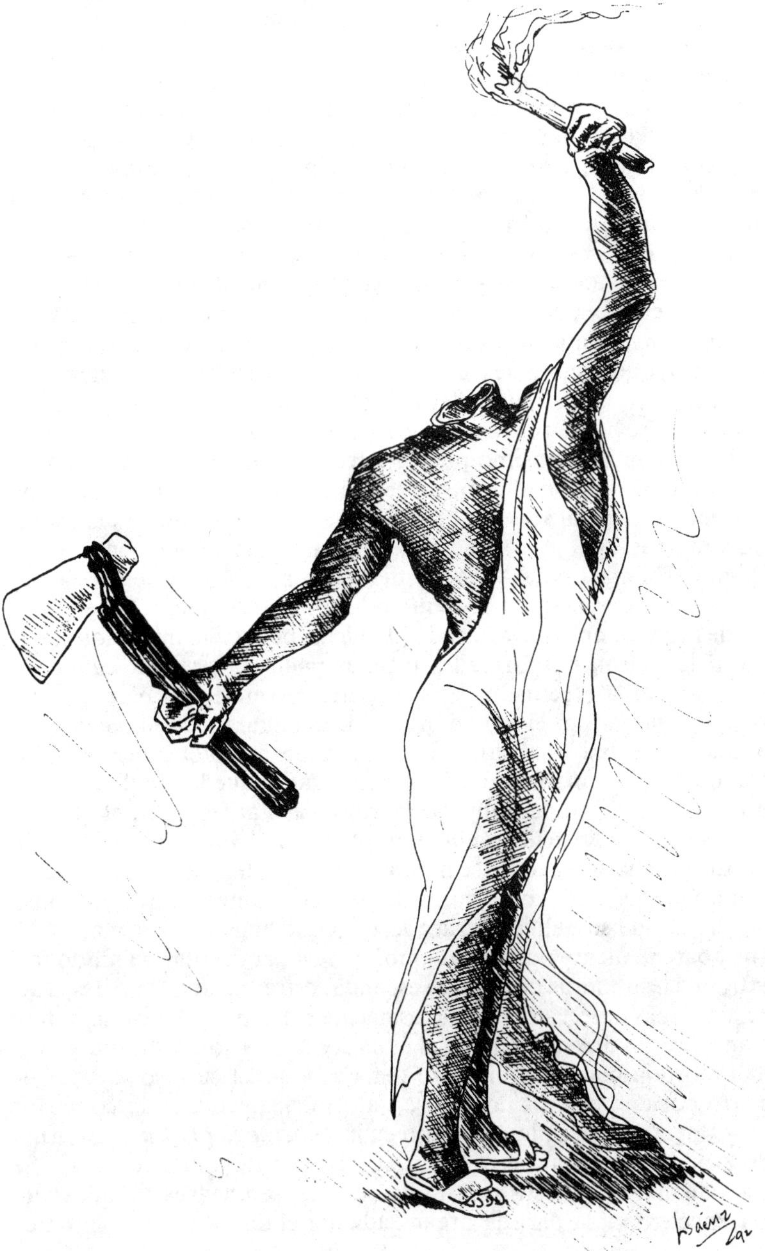

—donde por primera vez se escuchó este relato— era la que llamaban "del Cocuyo" (o "del Cucuyo"), como también anota el citado cronista, quien añade un dato curioso y pintoresco, de especial interés, al comentar detalladamente que en la fachada de la susodicha taberna ostentábase, a gran tamaño, la figura de uno de estos insectos, cuya luz procedía de una lamparilla de aceite colocada en el interior de la propia figura, detrás de un vidrio semejante a una esmeralda. Y era oscurísima la noche, a gusto de los gatos callejeros que por allí merodeaban a la sazón, cuyos ojos también lucían en la oscuridad como gotas de fuego desvelado, muy a tono con el ambiente, con la hora, con el lugar y, sobre todo, con el adorno de la fachada.

El comercio exterior no existía en Cuba prácticamente antes de la toma de la Habana por los ingleses; pero gracias a la ocupación británica, que decretó desde el principio la autorización del comercio libre con todos los países del mundo, en la época de esta historia la Habana se había convertido de hecho, a no dudarlo, por su tráfico activo, en importantísimo puerto internacional. Incontables buques mercantes arribaban allí constantemente y universalizaban el paisaje haciendo ondear al vaivén de las olas el vistoso colorido de sus distintas banderas. Así, pues, no es de extrañar que aquel día, como relató Roland Thomas, pasara inadvertida para la población, entre tantos buques, la presencia de uno que muchos dijeron luego haber visto desde horas tempranas atracado al muelle, pero cuyo misterioso arribo ni las mismas autoridades inglesas pudieron precisar cuándo y cómo se había efectuado. Era un buque holandés, al parecer muy viejo —a juzgar por el tono desvaído de su pintura y de su bandera—: buque en verdad sombrío, del cual emanaba un olor nauseabundo, como de carne corrompida. Este buque fue el que había llamado de pronto la atención del solitario marinero al atardecer. Sí: el que había llamado su atención *de pronto,* pues no lo había visto delante de sus mismas narices hasta ese momento a pesar de que estaba contemplando los buques y el horizonte desde mucho antes y desde el propio muelle al que se hallaba atracado el buque holandés. El marinero, que aparentemente no tenía un motivo real para actuar de modo tan extraño en sus horas de ocio, se escondió detrás de unos barriles; desde allí siguió observando cuidadosamente el buque, y, cerca de la medianoche, vio desembarcar de él unos doscientos hombres: todos vestían mortaja blanca, y ninguno tenía cabeza. El curioso fue descubierto por uno de esos hombres, y afortunadamente pudo contarlo.

—Voy a dar mi opinión —dijo en la *Taberna del Cocuyo* Rodrigo de Zúñiga, otro marinero, al oír el relato de Roland Thomas—. Se trata de una treta. Ésos no son holandeses: son negros cubanos que pertenecieron a la partida organizada por el difunto Pepe Antonio,

aquel regidor de Guanabacoa que al frente de ellos combatió a los ingleses, y que ahora han vuelto a organizarse bajo el mando de sabe Dios quién para seguir combatiéndolos. Y ¡claro!, como son negros y están vestidos de blanco, no se les ve la cabeza en la oscuridad. Y de eso se aprovechan para parapetarse, para parecer aparecidos, para paralizar al enemigo sorprendiéndolo y atemorizándolo supersticiosa y deliberadamente.
—¿Que son cubanos? ¿Y la bandera del buque? ¿No es holandesa? —le argumentó Roland Thomas—. ¡Vamos! ¡Responde!
A lo que rezongó el de Zúñiga con su habitual tonillo:
—Se trata de otra treta. Una bandera se baja... una bandera se sube... ¡y ya está!
—¡Qué fácil tú lo ves todo!, ¿eh? —saltó diciendo un tercer marinero, a quien apodaban "el Manco" sin serlo—. Yo en cambio opino que son piratas disfrazados para infundir pánico y poder actuar impunemente, con la cabeza escondida debajo de la ropa por medio de alguno de los curiosos artificios de que suelen valerse los niños en el juego llamado, precisamente, de "los hombres sin cabeza". ¿No te parece más sencilla la explicación... al menos más lógica?

Todos permanecieron silenciosos y pensativos un buen rato. El humo de los fumadores, en gruesas bocanadas, se apiñaba en el techo, como nubes en cielo encapotado, cubriéndolo de figuras caprichosas, grotescas y cambiantes.

Cerca del techo, al lado de un respiradero, había una especie de molinete cuyas aspas estaban formadas por espejos de colores —de un solo espejo de color distinto cada una— que el viento hacía girar velozmente y que, reflejando la luz de una lamparilla que tenían delante con tal propósito, reflejaban al propio tiempo sus respectivos colores (verde... amarillo... violeta...) en el rostro de los marineros, en el piso, en las paredes, en las volutas de humo, en las mesas, en los asientos, dando a todas las cosas, por inanimadas que fuesen, impresión de constante movimiento y aspecto singular. Pero la lamparilla estaba colocada de modo que su luz no se reflejara simultáneamente en todos los espejos, sino a medida que le fuesen pasando por delante, sucesivamente. Y esa luz sólo era visible cuando esos espejos la reflejaban. De pronto, el molinete se detuvo, indicando que la fuerza del viento había cesado. Y la luz de la lamparilla se reflejó únicamente en el espejo negro que formaba el aspa que le quedó delante. Entonces la negrura del espejo del aspa se reflejó a su vez en el rubí de la lumbre de los habanos, produciendo un efecto lúgubre y fantasmagórico mientras todos permanecían en silencio, pensativos.

Un grito agudo y espantoso, áspero y prolongado, semejante al alarido de un demonio furibundo, desde la calle, hincó el silencio con su aguja y arañó los tímpanos. Paralizó el pensamiento.

Automáticamente, todos se pusieron de pie, como si el resorte de un súbito pinchazo los hubiera hecho saltar de sus asientos a un mismo tiempo.

Mientras los marineros habían estado discutiendo acaloradamente en la taberna, y mientras en la taberna habían estado pensando silenciosamente, *afuera* los hombres sin cabeza habían aprovechado bien cada minuto: habían ido acercándose, en efecto, con entera libertad de acción, porque nadie se había atrevido a salirles al paso, o porque nadie creía lo que estaba viendo. Los hombres sin cabeza habían ido acercándose... habían ido acercándose cada vez más... ¡cada vez más y más!..., con paso lento pero seguro, en tanto que ahora los hombres con cabeza —los marineros— permanecían en silencio, aunque ya no podían pensar.

Otro grito, mucho más agudo y espantoso, mucho más penetrante, áspero y prolongado, mucho más semejante al alarido de un demonio furibundo, y mucho más próximo, hizo que los menos atemorizados salieran a ver lo que pasaba:

Un gato enorme, de los más grandes que pudiera haber, sostenía enconada lucha con una rata mucho más grande. Y si el gato era fuerte, mucho más lo era la rata. Y si el gato era fiero, la rata lo era mucho más, pues lo tenía cogido por el cuello y estaba matándolo. Cada vez que los colmillos de la rata se hundían más en el cuello del gato, exprimiéndolo, la rata extraía de la boca del gato un grito cada vez más agudo y espantoso, cada vez más penetrante, áspero y prolongado, cada vez más semejante al alarido de un demonio furibundo. De no haber sido por los marineros, que la espantaron, la rata hubiera rematado al gato, que escapó como pudo, renqueando y dejando un rastro de sangre.

Al cese del viento, inesperadamente, la Luna había ido abriéndose paso entre nubes tempestuosas, lentas, obstinadas, que allí permanecían como inmensos islotes flotantes, negros, de orillas mitad plateadas, mitad rojizas. Y ahora la Luna mostrábase desnuda, en todo su esplendor, entre esas mismas nubes, bañando cielo, mar y tierra con una luz lechosa y fantasmal pero intensamente clara y contrastante.

Cuando los marineros volvieron a salir, al poco rato, en compañía de otros, para explicarles cómo había sido la lucha y mostrarles el rastro de sangre, vieron venir de pronto, marchando calle arriba, una silenciosa multitud de hombres sin cabeza. Traían un hacha en la mano derecha, y en la izquierda una antorcha encendida. Vestían una especie de mortaja blanca. Calzaban chancletas de palo que no hacían ruido alguno.

Apenas los marineros tuvieron tiempo de entrar en la taberna, asegurar la puerta con una tranca y ponerse a la defensiva detrás de persianas y celosías para observar sin ser vistos, cuando ya los primeros cincuenta hombres sin cabeza comenzaban a desfilar ante la tienda. Era fácil contarlos, pues marchaban de diez en fondo, en perfecta formación, y al pasar por allí pararon en seco, sin dejar de mover las piernas en ningún momento, marcando el paso en el mismo lugar. Entonces se volvieron de modo que el cuerpo quedara de frente hacia la taberna, y saludaron inclinando el tronco para mostrar bien la base del cuello, redonda y desnuda como un cero de sangre coagulada, de donde brotó un olor nauseabundo, como de carne corrompida. No cabía duda: ¡eran hombres sin cabeza, no disfrazados! La Luna llena les daba de lleno. Y como si esto fuera poco, se alumbraban con antorchas. Había que estar ciego para no ver que eran auténticos hombres sin cabeza. Acto seguido empezaron a hacer evoluciones: un paso hacia adelante, un paso hacia atrás, un paso hacia atrás, un paso hacia adelante, media vuelta a la izquierda, media vuelta a la derecha, media vuelta a la derecha, media vuelta a la izquierda, a la media vuelta, a la vuelta entera, a la media vuelta y a la vuelta y media, de frente, de espalda y otra vez de frente. Y a todas estas, sin que las chancletas de palo hicieran ruido alguno, ni el menor ruido, ¡increíble!, a pesar de que a pesar de todos los pesares las pisadas eran fuertes y pesadas.

Poniendo punto final a las evoluciones, los cincuenta hombres sin cabeza se cuadraron de frente a la taberna. Entonces uno de los dos que estaban al centro de la primera fila comenzó a marcar un ritmo con los pies, y sus chancletas de palo sonaron estrepitosamente, como una llamada de urgencia, en el silencio de la medianoche:

¡ta!, ¡tacatá!,
¡ta!, ¡tacatá!

A continuación, como respuesta, las chancletas de palo del otro tronaron con mayor y tremebundo estrépito:

¡ta!, ¡tacatá!,
¡ta!, ¡tacatá!

Luego, al unísono, se escucharon los cincuenta pares de chancletas de palo:

¡ta!...
¡cataca taca taca taca taca tacatá!,
¡taca taca tacatá!,
¡ta, ta, ta, ta, ta, ta!

Y después, indefinidamente:

¡taca tacataca!,
¡taca tacatá!,
¡taca tacataca!,
¡taca tacatá!...

Los cincuenta hombres sin cabeza habían recuperado la facultad de hacer ruido. Y así prosiguieron haciéndolo con sus rítmicas chancletas de palo:

¡ta!, ¡tacatá!,
¡ta!, ¡tacatá!,
¡taca taca taca tacatá!

Y sus chancletas de palo sonaban y resonaban rítmicamente una y otra vez:

¡tacataca tacataca!,
¡tacataca tacataca!,
¡tacatá tacatá!,
¡tacatá tacatá!,
¡taca taca taca tacatá!

Hasta finalizar:

¡taca tacataca!,
¡taca tacataca!,
¡taca tacatá!,
¡taca tacatá!,
¡taca taca taca taca tacatá!

Después, silencio absoluto. Los cincuenta hombres sin cabeza reanudaron su marcha. Calladamente, calle arriba. Habían recobrado la facultad de *no hacer* ruido. Ya, como antes, ni siquiera sus chancletas se escuchaban al marchar.

En seguida, otros cincuenta hombres sin cabeza llegaron marchando en silencio, como si sus chancletas de palo fueran de algodón. Pararon frente a la taberna, repitieron, punto por punto, matemáticamente, todo cuanto habían hecho los primeros, y siguieron calle arriba. En idéntica forma y número, otro grupo llegó, paró y siguió. Y otro grupo de cincuenta —el cuarto— hizo lo mismo. Pero cuando el cuarto grupo se fue, ninguno lo sustituyó. Era el último. Los marineros habían contado, *exactamente,* doscientos hombres sin cabeza, todos los cuales habían hecho, *exactamente,* las mismas cosas. Y entonces, de manera instintiva y unánime, miraron los marineros hacia el reloj de la taberna.

—Está parado —dijo uno de ellos.

Otro sacó su reloj, y observándolo dijo:

—El mío también.

—Y el mío —exclamó un tercero.

—Y el mío —exclamaron sucesivamente los demás.

Todos los relojes se habían parado a la misma hora: ¡las 12 en punto! No fue posible, pues, precisar lo que había durado el desfile, ya que a las doce en punto había llegado Roland Thomas a la taberna y desde entonces había transcurrido mucho tiempo. Sólo una cosa era evidente: el tiempo había pasado, y el peligro, al menos por el momento, había pasado también.

Los de la taberna, sin excepción, deseaban aprovechar la oportunidad para largarse de allí cuanto antes; pero se mostraban, naturalmente, indecisos unos, desconfiados otros, y temerosos los más.

Afuera, los gatos estiraban una escalofriante serenata desde la calle o desde los tejados hasta la impasible Luna de enero.

Adentro, el silencio se hacía cómplice de esa serenata.

Al fin se oyó una voz:

—Lo más aconsejable —dijo—, lo más prudente, será quedarnos aquí.

—Creo que tienes razón —contestó otra voz—. Yo de aquí no me muevo.

Y nadie se movió de allí.

—Los hombres sin cabeza pueden retroceder de pronto —pensaban— y agarrarnos en la calle. De cualquier manera, no tardarán en agarrarlos a ellos. Total, que no vale la pena exponerse y lo mejor será esperar sin impacientarnos.

Así, pues, por acuerdo tácito, los presentes, entre los cuales se contaban algunos que no eran marineros, trataron, a partir de entonces, de pasar el tiempo lo mejor posible, como si nada hubiese sucedido. Pero el miedo que hace al hombre chiflar en la soledad, de noche, para no sentirse tan solo, es el mismo miedo que lo hace burlarse de los demás, y hasta de sí mismo, para no sentirse tan amedrentado. Y aquellos hombres, todos, tenían miedo. O mejor dicho: el miedo

tenía en sus manos a todos aquellos hombres.
 Por eso "el Manco" empezó diciendo en tono desafiante y comprometedor:
 —¿Los relojes no marcan las doce? Pues hagámosles caso: ¡ésa es la hora! Y como es más temprano de lo que pensábamos, con el tiempo de que aún disponemos vamos a tomarle el pelo al tiempo un poco más de tiempo, lo mismo que ha hecho el tiempo con nosotros. Ahora nos toca a nosotros tomarle el pelo a él. ¡Paguémosle con la misma moneda! ¡Divirtámonos! —propuso luego sarcásticamente "el Manco", que como ya se ha dicho, no lo era, y que no sólo no lo era sino que estaba muy lejos de serlo por sus habilidades de prestidigitador.
 —¡Mirad! —continuó diciendo—. ¿Veis esta moneda? Con ella el tiempo nos pagó: con ella vamos a pagarle al tiempo.
 Y después de mostrarla entre el índice y el pulgar de la mano derecha, la hizo desaparecer de un soplo, y de un soplo la hizo aparecer en la mano izquierda, que previamente había enseñado a los espectadores.
 —¿Veis esta moneda? —repitió.
 Y después de mostrarla entre el índice y el pulgar de la mano izquierda, la hizo desaparecer de un soplo y no volvió a aparecer.
 —Pues así son las cosas de la vida: escamoteos, equívocos, suplantaciones. Y ahora... ¡que prosiga todo lo que se interrumpió, como si nada se hubiera interrumpido! —terminó diciendo y ordenando.
 Todos lo vieron y escucharon perfectamente, porque para eso había subido al estrado o tarima de madera que se alzaba en un ángulo del salón, a modo de proscenio iluminado por una temblorosa línea de candilejas. Y a todos había deslumbrado la moneda de plata, que desde allí parecía de oro encendido, como el disco de fuego de un Sol naciente o poniente: ¡igual da! (Al fondo de la tarima, momentáneamente abandonados, esperaban un taburete, un reverbero y un bongó.)
 Bajando "el Manco" y subiendo el bongosero, todo fue lo mismo.
 El bongosero siempre actuaba a las doce de la noche con una bailarina. Pero como esa noche, según se recordará, la vida interrumpió su alegre curso en la taberna por la llegada intempestiva de Roland Thomas a las doce en punto, el acto artístico, que ya iba a comenzar, no pudo presentarse a esa hora.
 Mientras el bongosero tomaba nuevamente posesión de la tarima, del taburete, del reverbero y del bongó, marineros y no marineros tomaban nuevamente posesión de sus mesas, de sus asientos, de sus botellas y de su buen humor. Y también "tomaban", en la clásica acepción tabernaria del verbo.
 —Ya que hablamos de hombres sin cabeza —dijo un viejo repug-

nante—, quitarle la cabeza a un hombre debe ser algo así como quitarle la tapa a una botella de vino tinto y descubrir que es una botella de sangre al servirse una copa.

Y diciendo y haciendo, desgolletó una botella, precisamente de vino tinto, dándole un solo golpe contra el borde de la mesa. Y un solo golpe de bongó se escuchó entonces.

—¡Ja!, ¡ja!, ¡ja! ¡Así es! ¡Puedo asegurarlo! ¡Juro que es así! ¡Lo sé por experiencia propia! —exclamó un viejo mucho más viejo y repugnante, que había sido en su juventud verdugo de profesión, y de los buenos.

Después de beber los dos unos tragos a pico de botella, el primero llenó las copas hasta colmarlas y derramar el vino en la mesa. Entonces dijo:

—Voy a contarte algo. Escucha.

Y el otro como si con él no fuera: tan distraído estaba, recordando en el vino derramado en la mesa la sangre de sus víctimas derramada en el patíbulo.

—Mira que te conviene saber lo que tengo que contarte —el primero insistió. Y en vista del poco caso, dijo encogiéndose de hombros—:

Si quieres, te cuento.
Si quieres, te canto.
Y si no quieres que te cuente ni te cante,
ni te cuento ni te canto.

—¡Ja!, ¡ja!... ¡Cuenta, cuenta! —dijo al fin el segundo—. Pero antes, para que veas que yo también sé decir esas cosas viejas, más viejas que nosotros dos juntos, allá te va eso. Escúchame tú ahora:

Ayer piantes y mamantes,
reyentes hoy, mañana llorantes,
y pasado ni piantes ni mamantes,
ni reyentes ni llorantes.

—¡Filosofía profunda, como toda sabiduría popular —el primero exclamó—, y que hoy nos viene a todos aquí como anillo al dedo!
—¡O como hacha al cuello! —puntualizó y enfatizó el otro—. Y ahora cuenta, cuenta, pero, por Dios, no cantes, ¿eh?
—Una vez, a las doce de la noche, llamaron a mi puerta dando cuatro fuertes golpes sonoros y solemnes.

Cuatro fuertes golpes de bongó, sonoros y solemnes, interrumpieron súbitamente el relato, que prosiguió en seguida:

—Era un hombre sin cabeza, que esa noche me visitó para pedirme tus señas, pues me dijo que las necesitaba para hacerte también una visita: ¡a ti que lo habías decapitado!
—¿Y cómo, si no tenía cabeza, pudo hablarte? ¿Con qué boca?
—¡¿Cómo que con qué boca?! ¡Si el hombre era ventrílocuo!
—¡Bah!, te chanceas —finalmente dijo temblando de espanto el más viejo, le volvió el rostro, se levantó, se fue para otra mesa, y no volvió a chistar después del chiste.

En la tarima, entretanto, el bongosero templaba el cuero del bongó con todo el aparato y solemnidad que corresponde a una verdadera ceremonia. Las llamaradas de alcohol, predominantemente azules, y a veces multicolores, surgían del reverbero como de un recipiente mágico, y desaparecían y reaparecían asumiendo las más fantásticas y variadas formas repentinas y momentáneas del Espíritu Elemental del Fuego.

Distraídamente, sin saber lo que hacía, alguien dio unos golpecitos rítmicos en una mesa. Como obedeciendo secretamente a la contraseña de un conjuro, unos golpecitos rítmicos contestaron desde otra mesa. Y el ritmo era tan pegajoso, que en seguida todos empezaron a dar en sus mesas los mismos golpecitos. Mucho más pronto que inmediatamente, el ritmo contagió también al bongosero, que comenzó a marcarlo en su bongó, y "una mora llamada Celina, que a medianoche amenizaba la taberna con sus bailes, subió a la tarima para interpretarlo".

Era el ritmo de las chancletas de palo de los hombres sin cabeza: el mismo ritmo que, como apunta Ortiz en su *Diccionario folclórico cubano*, había de dar origen, muy posteriormente, a la célebre comparsa de *Los Chancleteros*, que lo popularizó. He ahí por qué esa comparsa siempre iba "encabezada", valga la paradoja, por unos hombres sin cabeza, es decir, disfrazados de tales, que llevaban en alto, a manera de símbolo, la figura gigantesca de un cocuyo que despedía luz a través de un vidrio verde: todo ello en recordación de los auténticos hombres sin cabeza y de la *Taberna del Cocuyo*.

El molinete permanecía inmóvil, y la luz continuaba reflejándose únicamente en el espejo negro del aspa que delante de la lamparilla se detuvo. Pero en ese momento, cuando la mora sonrió saludando al público desde la tarima, la negrura del aspa del espejo se reflejó asimismo en su diente de oro, encendido como la moneda del prestidigitador por la temblorosa línea de candilejas, y en sus párpados fosforescentes, untados de *cucuyina* o *cocuyina*, "pasta que los caribes hacían de cucuyos o cocuyos machacados, con la cual se untaban de noche la piel cuando tenían fiestas", según dice Ortiz en su *Vocabulario de usos indígenas*.

El bongó enmudeció. Todo ruido cesó. Todo el mundo calló. Un minuto pasó. El bongó repicó, y el baile comenzó: ¡la mora lo estrenó!

Entonces el Espíritu del Ritmo dio una orden para que los relojes, que habían interrumpido su marcha, la reanudaran inmediatamente. Y entonces los relojes, que aún se hallaban detenidos, reanudaron inmediatamente su marcha, porque el Espíritu del Ritmo lo había ordenado así.

Se ha dicho que "la música es el idioma universal"; pero el ritmo es el idioma del cosmos. Y es que el ritmo no sólo puede percibirse, como la música, por medio del oído, sino, además, por medio del tacto, en forma de pulsaciones, y de la vista, en forma, por ejemplo, de señales luminosas. A él responden el latido del átomo y el parpadeo de la estrella. La música, en suma, sólo es audible. El ritmo es audible, tangible y visible. La música sólo puede oírse. El ritmo puede oírse, tocarse (o tocarnos) y verse. La ventaja del ritmo sobre la música es obvia. Puede haber, además, ritmo sin música; pero no música sin ritmo. La ventaja sigue siendo obvia. El ritmo comunica y despierta emociones, sentimientos, ideas, y abre determinados canales ocultos.

Las emociones, sentimientos, ideas, sólo alegres en apariencia, que transmitía y suscitaba el ritmo de aquel baile, eran en realidad de carácter tétrico, melancólico, sombrío; y los canales ocultos que abría, los más nefastos. Ello no obstante, puesto que la Ley del Ritmo es en esencia la misma, tanto para las fuerzas del Bien como para las del Mal, su Espíritu se hacía obedecer inexorablemente en la taberna por medio de aquella representación artística que artísticamente lo representaba con tal fidelidad.

Todos perdieron la noción del tiempo al influjo de las percusiones y repercusiones y a los reflejos de colores de los espejos turbadores del molinete, cuyas aspas también echaron a andar de pronto. Y así los sorprendió la primera claridad del alba. Y con la primera claridad del alba los sorprendió un ruido como de mucha gente que se acercaba corriendo calle abajo.

—¡Son los hombres sin cabeza! —exclamó uno de los presentes.

Al oírlo, todos los demás sintieron un escalofrío de horror.

—¡Son los hombres sin cabeza! —repitió una y otra vez—. ¡Hemos estado evocándolos insistentemente, con insensata temeridad, y al fin acuden atraídos por el ritmo que ellos mismos nos enseñaron!

Pero no, no eran hombres sin cabeza. Eran, en su mayoría, a juzgar por sus vestimentas, militares, marinos, marineros, sacerdotes, magistrados, ricos, barberos, comerciantes..., que venían corriendo en dirección al mar, y armados, seguramente en persecución de los hombres sin cabeza.

Los de la taberna, que habían vuelto a situarse estratégicamente para ver sin ser vistos y que se mantenían en absoluto silencio, sintieron que el alma les volvía al cuerpo cuando los vieron pasar; y armados de valor, sobre todo al ver tantas caras conocidas, salieron a reunirse con ellos y los acompañaron hasta la entrada del puerto, donde los vieron subir al buque holandés, que comenzó a alejarse rápidamente, cuando un marinero rezagado llegó corriendo y gritando y haciendo retemblar los tablones del muelle para dar una noticia de última hora. Todos volvieron el rostro hacia él. Era Roland Thomas en persona.

—¡Acaban de ser hallados —dijo— los cadáveres de doscientos hombres sin cabeza, vestidos de mortaja blanca y calzados con chancletas de palo!

—¡Gracias a Dios! —le respondieron.

—¡Cómo! ¿Gracias a Dios?

—¡Claro! ¡Gracias a Dios que pudieron matarlos a todos!

—¡Acaban de ser hallados los cadáveres de doscientos hombres sin cabeza! —repitió el marinero, y añadió en seguida—: ¡Sí! Pero esos hombres sin cabeza no son los que desembarcaron anoche. Los que desembarcaron anoche les cortaron la cabeza a esos hombres. Cada cual se puso la cabeza que más le gustó y se fue con ella puesta. Todos hicieron lo mismo con la ropa y el calzado. Y para colmo, les pusieron la mortaja blanca y las chancletas de palo que traían, los sacaron de casa y los dejaron tirados en la Plaza de Armas junto a un montón de hachas y antorchas.

—¿Entonces...?

—¡Los hombres *sin cabeza* que desembarcaron anoche son los hombres *con cabeza* que acaban de embarcarse ahora mismo! —dijo Roland Thomas volviendo el rostro hacia el buque holandés y señalándolo con el índice; pero sólo pudo señalar hacia el vacío, pues en una fracción de segundo, al tiempo que los demás también volvían el rostro, el buque había desaparecido como tocado por la varita mágica de un rayo de sol.

Inmediatamente *después,* los ingleses ponían punto final, o mejor dicho, unos puntos suspensivos a esta historia, disparando hacia el mar tres cañonazos tardíos.

En el puerto de la Habana, puntualmente, amanecía.

3 de febrero de 1986

LA VIUDA NEGRA

Anoche desfilaron por la pantalla de mi televisor, en un documental histórico interesantísimo que duró casi dos horas, los hechos más sobresalientes y los personajes principales de la Segunda Guerra Mundial: Hitler... Mussolini... Churchill... Roosevelt... Stalin... Muchas de esas escenas, por no decir todas, me hicieron recordar momentos de mi propia vida, pues las había visto por primera vez en Cuba, en el cine, cuarenta años atrás, a raíz de ser filmadas, o sea cuando eran noticias de actualidad y aparecían en la pantalla entre una larga serie de avances de películas de próximo estreno, dibujos animados (los conocidos "cartones" de Mickey Mouse, el Pato Donald, Popeye el Marino...) y vistas fijas de anuncios comerciales.

La historia que voy a referir sucedió durante la Segunda Guerra Mundial, cuando incontables refugiados llegaban constantemente a Cuba.

En aquella época solía yo visitar por las noches a mi amigo Mariano Ramírez, el pintor. Recuerdo lo mucho que me gustaba caminar a esas horas por las calles de La Habana Vieja hasta su buhardilla y regresar de madrugada en la misma forma. Y recuerdo que le hice unos versos humorísticos que se popularizaron entre nuestras amistades y que comenzaban:

En la calle Lamparilla
tiene un pintor su buhardilla...

¡Días de juventud!... ¡Noches de bohemia!... Efectivamente, mi amigo vivía allí, en lo que había sido un desván gatero, es decir, no habitable, y que él, con mucha paciencia y buen gusto, había convertido en confortable rincón.

En la planta baja del edificio, distribuida en secciones alquiladas por varias casas comerciales con este único fin, se almacenaban distintas mercancías importadas; en el piso alto vivía una refugiada de guerra, que era un personaje de novela, y en la parte inmediata al tejado, en lo que venía a ser un segundo piso, estaba la buhardilla del artista.

Seres fantásticos y horribles, bichos, sabandijas y follajes, salidos del pincel del pintor, adornaban a manera de tapices las paredes del desván.

Estos adornos caprichosos, tan del gusto arquitectónico y pictórico del Renacimiento, llamados *grutescos* por ser a imitación de los que se hallaron, primero, en las *grutas* o ruinas del palacio de Tito, aunque su estilo en realidad procede de los que se hallaron después en la *Domus Aurea* de Nerón, daban al lugar, por supuesto, un marcado ambiente renacentista pero con la original —yo diría que genial— incorporación de elementos decorativos tomados de la fauna y flora de Cuba.

Manifesté que la vecina de Mariano, la refugiada de guerra, era un personaje de novela. Y efectivamente lo era, o mejor dicho, lo será, porque me propongo escribir una novela sobre su vida. Y entonces también se convertirá en un personaje de película, cuando la novela sea llevada al cine. Lo digo en serio y con toda honestidad, basándome únicamente, desde luego, en el extraordinario interés humano de personaje tan conmovedor. Claro que en la novela tendré que omitir algunas cosas y añadir otras por las razones que más adelante señalaré; pero ahora sólo quiero exponer los hechos en su orden cronológico y objetivamente, sin cortes ni añadiduras, reflejando las sucesivas impresiones que me iban produciendo, refiriéndome con exclusividad al momento en que recibí cada una de esas impresiones, y refiriendo cada impresión tal como la recibí en su momento.

La refugiada era una sexagenaria que en la guerra había perdido esposo, hijos y toda su familia. No recuerdo su nombre, porque era muy difícil de pronunciar y, por lo tanto, de retener en la memoria: lo cual indica que debo sustituirlo en la novela por otro más apropiado y que posiblemente dé título a la obra. De todas maneras, aquel nombre es lo que menos importa, según se verá después. (Tampoco recuerdo su nacionalidad: ¡hace más de cuarenta años!)

La viuda era muy comunicativa: necesitaba serlo para exponer su dolor y escuchar las palabras de consuelo que tanto esperaba de los demás. Muchas veces conversé con ella. Partía el alma verla sacar del bolso los retratos de sus seres queridos, que besaba llorando y mostraba luego para ilustrar sus terribles historias de campos de concentración, refugios antiaéreos, persecuciones, bombardeos, escapatorias y capturas.

En señal de luto, estaba forrada de negro de pies a cabeza: zapatos negros, medias negras, vestido negro de mangas largas, guantes negros y velo negro que le cubría completamente el rostro para ocultarlo a la vista de los demás al propio tiempo que le permitía ver a los demás perfectamente.

Era de pequeña estatura, abdomen globoso y brazos y piernas extremadamente —yo diría que *anormalmente*— largos y delgados, como pinzas, que separaba mucho del cuerpo al caminar.

Los muchachos del barrio se mofaban de ella, y numerosos vecinos —que no se preciaban de poseer precisamente el sentimiento trágico de la vida— le decían "la Viuda Negra", apodo que se le pegó como una telaraña. (Los defectos físicos, las mofas y el apodo se suprimen en la novela porque pudieran mover a risa.)

A otros les impresionaba "la Viuda Negra" por su raro aspecto, al punto de sentirse supersticiosamente atemorizados, y no faltaban quienes dijesen que era una espía rusa o alemana.

En fin: "la Viuda Negra" por aquí, "la Viuda Negra" por allá, "la Viuda Negra" para arriba, "la Viuda Negra" para abajo, y sólo se hablaba de "la Viuda Negra" en todas partes.

Una mañana la criada la halló, cadáver ya, en el lecho. La había picado una araña temible, una de las famosas *viudas negras,* cuyo veneno es mortal, y que luego fue capturada. La araña había llegado a Cuba escondida entre unos cestos de mimbre que se almacenaban en la planta baja del edificio junto con otras mercancías importadas, y había subido desde el patio central, por una de las paredes, hasta el pasillo interior al cual daba el cuarto donde dormía la viuda, que así fue picada luego por la viuda que no dormía: un caso digno de la sección de Ripley, y que por eso mismo suprimiré en mi novela.

En seguida se supo que la llamada "Viuda Negra", víctima de una verdadera viuda negra, no era refugiada, ni espía ni extranjera, sino cubana, y que pertenecía a una distinguida familia habanera —que no me creo autorizado a identificar aquí—, algunos de cuyos descendientes viven aún en la capital de Cuba. Su rostro, de por sí horrible, monstruoso de nacimiento, estaba, además, picado de viruelas. Su corazón de mujer, vacío, quiso llenarse con el recuerdo imaginario del esposo que nunca tuvo; su corazón de madre, también vacío, quiso llenarse con el recuerdo imaginario de los hijos que tampoco tuvo nunca; su corazón de hija y hermana prefirió llenarse con el recuerdo, aunque fuera imaginario, de unos padres y de unos hermanos que no la hubieran rechazado por ser fea, como la habían rechazado los suyos, y, en fin, quiso sentirse, por primera vez en la vida, importante, ser alguien normal, con una familia imaginaria muerta, sí, pero digna de feliz recordación, y aprovechó la oportunidad que se le presentaba para vivir, *vivir,* aunque sólo fuera un momento, haciéndose pasar por una refugiada de guerra, chapurreando artificiosamente el español y mostrando unas fotografías viejas de sabe Dios quiénes, halladas sabe Dios dónde. Y éstos son los valores morales y humanos extraordinarios, el ángulo que deseo destacar en mi novela. Ahora se comprenderá mejor el porqué de los cortes que debo realizar para que la protagonista no parezca, estando tan lejos de serlo, un personaje de ficción, o para que la propia novela no se confunda, estando asimismo tan lejos de serlo, con una novela de misterio, terror y fantasía.

Por la noche, antes de salir hacia la funeraria, Mariano quiso mostrarme una viuda negra que, según me dijo, figuraba en los grutescos de las paredes desde que los había pintado varios años atrás. Pero inexplicablemente no pudo dar con ella, y al fin de una larga búsqueda tuvo que admitir la posibilidad de no haber llegado a pintarla aunque creyera haberlo hecho porque estaba en sus planes. Esto lo disgustó muchísimo, y fue causa de una gran demora.

Nos presentamos en la funeraria cerca de la medianoche, cuando ya los contados familiares que habían ido se retiraban, y sin la menor cortesía nos dejaron solos, completamente solos con el cadáver, pues tampoco había allí amigos ni vecinos.

El velo negro de siempre cubría el rostro de la difunta, y la hora y el lugar desierto eran propicios para descorrer ese velo y saber en verdad lo que ocultaba. Así lo hice. La muerta tenía los ojos desorbitados, pero no vidriosos, y parecía mirarnos fijamente, como si aún estuviera viva. Era el rostro más horrible que ojos humanos, incluyendo los suyos, hayan visto, ni verán nunca: de una expresión tan espantosa, ya por lo tan avanzado de lo acentuadamente macabro, y tan original, que el pintor, artista ante todo, comenzó a dibujarlo al *crayon* en uno de los trozos de papel que siempre llevaba consigo para momentos como éste.

Cuando la obra estuvo terminada, casi al rayar el día, porque el artista era muy cuidadoso de los detalles y se había tomado el tiempo requerido, volví a cubrir con el velo negro el rostro del cadáver, y nos fuimos de allí temblando de emoción.

Después sucedieron dos cosas más, las últimas, que suprimiré, no sólo por las razones expuestas, sino porque a veces he pensado que en ellas tuvo mucho que ver la mano oculta de mi amigo, que trató de jugarme una *buena* pasada.

Cuando volvimos a la buhardilla y nos sentamos cómodamente para observar con mayor detenimiento el dibujo del rostro más horrible que ojos humanos hayan visto, ni verán nunca, hallamos, en el mismo papel, contrariamente, el dibujo del rostro más bello que ojos humanos hayan visto, ni nunca verán. Y el papel se engalanaba con su belleza, como para indicarnos que así era el alma de la que dormía en brazos de la Muerte.

Y cuando a las pocas noches quisimos contemplar de nuevo el dibujo del rostro más hermoso que ojos humanos hayan visto, ni verán nunca, en lugar del dibujo apareció, dentro del papel enrollado y virgen, un nardo cuya blancura era tan casta como el alma de la que dormía en brazos de la Muerte, y cuya fragancia voló tan alto como esa alma.

15 de febrero de 1986

EL HOMBRE DE LA GALLINA DE LOS HUEVOS DE ORO

Aquel día, como de costumbre, cuando Feliciano Pascual —que se hallaba en la última expresión de la miseria— oyó cacarear a su gallina, salió al patio. Pero en aquella oportunidad lo aguardaba una sorpresa: su gallina, la única que le quedaba en todo el gallinero, había puesto un huevo de oro.

Feliciano vivía solo, en una humilde casita propia, retirada, no lejos del poblado, pero sí del mundanal ruido. Y tenía fama de ermitaño, pero más la tenía de soñador. Era ya "entrado en años y salido de desengaños", como él mismo solía decir, pero de trato afable y carácter generoso, aunque amaba la soledad. Extraordinariamente culto, creía infantilmente —o sabiamente— tanto en la probabilidad de lo improbable como en la magia de las coincidencias y de las oportunidades, de las casualidades y de las causalidades. Creía, en una palabra, en todo lo que los demás llaman absurdo. Creía en lo increíble, y naturalmente, en lo sobrenatural. Siempre esperaba un milagro que pudiera sacarlo de la miseria, y, cuando le impugnaban la pureza de su fe como un exceso de ingenuidad, contestaba con el silencio humilde de una sonrisa, pensando, secretamente, que "Dios protege la inocencia".

Por eso, aunque de momento se sintió sorprendido, ¡humano al fin!, luego, analizándolo bien, no le extrañó que su gallina hubiera puesto un huevo de oro. Le pareció la cosa más natural del mundo.

Sus conocimientos de joyería, que no eran pocos, ya que había sido joyero en su juventud, le permitieron apreciar en seguida que, en efecto, se trataba de un huevo de oro macizo, de gran valor, que lo haría salir de la miseria. Pero eso era sólo el comienzo, y esperó pacientemente el próximo día, pues daba por cierto que en lo futuro había de decirse de su gallina lo mismo que en lo pasado se dijo de la que Samaniego inmortalizó en su célebre fábula:

*"Érase una Gallina que ponía
un huevo de oro al dueño cada día."*

Sus conocimientos de literatura, que tampoco eran escasos, ya que también había sido profesor de Historia de la Literatura en su juventud, le permitieron apreciar y admirar siempre, junto con sus conocimientos de joyería, el valor de esa otra joya que es *La Gallina de los huevos de oro.* Y entonces le vino a la memoria la conferencia que en cierta oportunidad había pronunciado sobre este pequeño gran poema: Esopo, el fabulista griego, fue el autor de *La Oca de los huevos de oro;* pero Samaniego, el fabulista español, al versificar en nuestro idioma la fábula —o más bien la idea— de su modelo, tuvo la feliz ocurrencia de sustituir la oca por una gallina, sin lo cual su fábula no se hubiera hecho más famosa que la de Esopo. Esto no significa nada en detrimento de los huevos de oca: únicamente significa que los huevos de gallina son más populares y se venden más. ¿Por qué? La respuesta es harto conocida: "La gallina vende huevos porque cacarea." Como tampoco significa nada en detrimento de los huevos de cisne, de paloma, de codorniz... y, sobre todo, de águila, que no sólo dan, estos últimos, *vista de águila* y hasta clarividencia al que los come, sino que devuelven la visión a quienes la han perdido y hacen ver a los ciegos de nacimiento. Sin embargo, los huevos de gallina, aunque no sean de oro, son más populares; y si son de oro, dan lugar a la que Feliciano calificaba no ya como la mejor fábula de Samaniego, sino como la mejor del mundo. Era tan ferviente admirador de *La Gallina de los huevos de oro,* que llegó a obsesionarse con esos versos y no dejaba de citarlos en clase a la menor oportunidad que se le presentara:

"Érase una Gallina que ponía
un huevo de oro al dueño cada día.
Aun con tanta ganancia, malcontento
quiso el rico avariento
descubrir de una vez la mina de oro
y hallar en menos tiempo más tesoro.

Matóla; abrióle el vientre de contado;
pero después de haberla registrado,
¿qué sucedió? Que, muerta la Gallina,
perdió su huevo de oro y no halló mina.

> *¡Cuántos hay que, teniendo lo bastante,*
> *enriquecerse quieren al instante,*
> *abrazando proyectos*
> *a veces de tan rápidos efectos,*
> *que sólo en pocos meses,*
> *cuando se contemplaban ya marqueses,*
> *contando sus millones*
> *se vieron en la calle sin calzones!"*

Solía decir Feliciano que nada era imposible, incluso que hubiese en realidad una gallina que pusiera huevos de oro. Y como "bueno es lo bueno, pero no lo demasiado", todo ello le valió, entre sus alumnos, el título de "el hombre de la gallina de los huevos de oro": un título que pretendió ser humorístico y era profético, pensaba él ahora, porque en eso se había convertido: en "el hombre de la gallina de los huevos de oro". Y esperó, pues, pacientemente, el próximo día.

Entretanto, comenzó a hacer proyectos: pagaría sus deudas, cancelaría la hipoteca de su casita, ayudaría a todo aquel que lo necesitara, sacaría del monte de piedad los valiosos incunables de su ya casi inexistente biblioteca, compraría todos los libros que siempre había deseado tener, viajaría a todos los países que siempre había deseado visitar... y así lo sorprendió la noche. Y así, al rayar la aurora, lo despertó, saludando al nuevo día, el canto de un gallo erguido en la cerca. Y la silueta de perfil del gallo proyectábase en el centro del disco del Sol, que asomaba por detrás de la cerca como una gigantesca yema de huevo. ¡Qué perfección de dibujo! ¡Qué efecto de perspectiva! ¡Qué sincronización! ¡Qué exactitud de imagen y sonido! Al canto del gallo siguió el cacareo de la gallina, y al cacareo de la gallina siguieron los pasos de su dueño. ¡La gallina de los huevos de oro había puesto un nuevo huevo de oro para Feliciano!

Pero al tercer día, cuando la gallina puso el tercer huevo de oro, Feliciano vio, al ir a recogerlo, que alguien salía del nidal, huyendo al oír sus pasos, y entraba en la casa colindante, por la puerta del fondo. Era doña Julia, su única vecina inmediata, y pensó que lo había descubierto y que tal vez estaba planeando robarle. Eso en el mejor de los casos, si es que la gallina no había empezado a poner diariamente un huevo de oro desde mucho antes del primero que él recogió y doña Julia, enterada de ello, no le había robado ya sabe Dios cuántos. Todo era posible. Tenía ese presentimiento, y decidió averiguar la verdad; para averiguarla, decidió entrar subrepticiamente en casa de doña Julia; y, para entrar allí subrepticiamente, decidió dejarse llevar por una corazonada, como siempre hacía cuando iba a ejecutar algo arriesgado y difícil.

Después de guardar en uno de sus bolsillos el tercer huevo de oro y esperar un tiempo prudencial, se dirigió a casa de doña Julia; empujó levemente las hojas de una pequeña ventana que no cerraron bien, y por allí entró. Su corazonada, al menos en esta primera parte del plan, no lo había engañado. Ahora faltaba la segunda parte: hallar las pruebas del supuesto robo. Y si no —pensaba—, hallaría otra cosa, cualquier cosa: algo que de todos modos le convenía saber. ¡Seguro!

Había entrado en un salón repleto de adornos valiosísimos, pues Feliciano ignoraba que doña Julia de Omares era muy rica —heredera de una de las fortunas más grandes de Camagüey— y de gusto exquisitamente original; y no salía de su asombro, porque tampoco sospechaba que en aquella casa, de aspecto exterior humilde ex profeso, pudieran esconderse tantos tesoros de arte.

Estos adornos, en su mayoría, fueron comprados en *La Bottega Fantastica,* de Roma, casa fundada, como es sabido, en recordación de Ottorino Respighi, y donde sólo pueden comprar los millonarios.

En una de las paredes había una jaula con el pájaro azul de Maurice Maeterlinck, pero todo hecho de zafiros legítimos en los cuales se quebraba la luz del sol al penetrar en la estancia por unos vidrios de colores.

Las manzanas de oro del jardín de las Hespérides estaban representadas por un cesto de manzanas de oro legítimo, en una mesa cuyas cuatro esquinas custodiaban sendos dragones de jade con ojos de rubí.

Le coq d'or, de Rimski-Korsakov, estaba igualmente representado en uno de los ángulos del salón por un auténtico gallo de oro.

Pero en la mesa del centro hallábase el adorno más original, que consistía en un juguete automático, en uno de los llamados "juguetes fantásticos" de *La Bottega.* Era la figura de una gallina, cuyo ingenioso mecanismo, a base de contrapesos, funcionaba constantemente. Cada vez que la gallina ponía un huevo de oro —de oro legítimo, como es natural—, dicho huevo ocupaba de inmediato su lugar en una hilera de siete puntos o cavidades que representaban los siete días de la semana, con el nombre del día correspondiente escrito al pie. Cuando los siete puntos estaban llenos, los siete huevos se retiraban; la gallina volvía a ponerlos, y la operación completa se repetía varias veces por minuto en recordación de la fábula:

"Érase una Gallina que ponía
un huevo de oro al dueño cada día."

Sin embargo, Feliciano observó que la gallina de juguete sólo ponía cuatro huevos, es decir, que faltaban tres huevos, pues en la hile-

ra siempre quedaban vacías tres cavidades, y pensó en los tres huevos de oro que llevaba consigo, repartidos entre los bolsillos de su guayabera, pues no quiso dejarlos en casa hasta encontrar un escondrijo seguro, temiendo que se los robaran. Esos tres huevos y los cuatro de la hilera completaban los siete días de la semana... ¡y eran idénticos! En la habitación contigua, doña Julia y una amiga de la mayor intimidad conversaban a solas. Y entonces Feliciano escuchó el siguiente diálogo:
—El muy idiota no sospecha nada.
—¿Estás segura?
—¡Segurísima!
—Pero esta mañana por poco te sorprende.
—Yo había colocado ya el huevo de oro debajo de su gallina.
—¿El tercero?
—Sí: el tercero. Hoy hace tres días que empecé la broma.
—¿Y cómo sabes que no te vio ni te oyó cuando saliste corriendo?
—Porque no le di tiempo ni ocasión: iba descalza para no hacer ruido, y me le escabullí en un santiamén. Tranquilízate.
—Lo que no acabo de entender... lo que no entiendo, ni bien ni mal, es lo de "el hombre de la gallina de los huevos de oro".
—Ya te he explicado que ese apodo se lo puse yo por haberme suspendido en un examen al no poder contestar una pregunta sobre la dichosa fábula de Samaniego. Pero seguro que él no se acuerda de eso ni de mí, por fortuna. Siempre fue bastante despistado y pésimo fisonomista. Además, para que no me reconozca, el almanaque está de mi parte.
—¡Y de la suya!, ¿no?
—Bueno, sí: la verdad es que yo tampoco lo hubiera reconocido, porque él también ha cambiado mucho. Hace tiempo que somos vecinos; pero nunca me dijo su nombre ni yo se lo pregunté, aunque nos saludamos de afuera a afuera y hasta hemos conversado a veces sobre cosas sin importancia, cada cual desde su patio. Por ejemplo: el otro día me dijo no recuerdo qué de su gallina, y en seguida empezó a hablarme de Samaniego y de *La Gallina de los huevos de oro*. Y como "por la boca muere el pez"...
—¡En seguida te diste cuenta de quién era!
—¡Claro! Yo sí decía que esa voz me resultaba familiar, y estaba segura de haberla oído antes.
—¿Y hasta dónde vas a llevar o piensas llevar tu broma o tu venganza?
—¡Hasta sus últimas consecuencias!
—¡Te quedarás sin los huevos de oro!
—He avisado ya a la policía tres veces, diciendo que me han roba-

do y que no sospecho de nadie: cuando coloqué el primer huevo, cuando coloqué el segundo, y cuando coloqué el tercero. Y cuando él vaya a venderlos, ésos o todos los que sean si la cosa sigue, le echarán el guante y me los devolverán. Lo que sí me extraña es que no diera ese paso desde el primer momento.

Al escuchar semejante diálogo, Feliciano comprendió, mejor que nunca, *Los motivos del lobo,* de Rubén Darío, "y se sintió lobo malo de repente". ¡Se habían burlado de él sin el respeto que merecía su bondad, y decidió permanecer escondido allí hasta el próximo día, porque si se iba ahora quizás no pudiera volver a entrar, para vengarse de doña Julia cuando fuese a sacar de la hilera el cuarto huevo de oro! Entonces le diría:

—¡Cierre los ojos y abra la boca!

Tan pronto como ella lo obedeciera, pues tenía que obedecerlo amenazada con el cuchillo de cocina que él llevaba, le apuntaría con un huevo de oro a la boca, abierta más en un gesto de horror que de obediencia, y con toda su fuerza le dispararía el huevo a la campanilla. Ella, atragantándose, abriría los ojos hasta que se le desorbitaran. Cuando llegara ese esperado momento, él le dispararía con toda su fuerza el segundo huevo de oro al ojo derecho; y cuando viera y oyera estallar ese ojo como un globo inflado, le dispararía con toda su fuerza el tercer huevo de oro al ojo izquierdo, que es el del corazón, para ver y oír estallar también ese ojo. Y si con los tres huevazos no conseguía matarla, cogería más huevos de la hilera y se los iría disparando a la cabeza hasta reventarle los sesos y cerciorarse de su muerte.

Pronto, sin embargo, rechazó el proyecto de este espantoso asesinato, que pensaba cometer a sangre fría, porque se le ocurrió otra idea mucho mejor y, sobre todo, muchísimo más original, que inmediatamente llevó a efecto. Luego, cerró bien la ventana por donde había entrado, de manera que nadie sospechara nada; abrió la puerta de la calle, salió por ella y la cerró tras sí, tan bien cerrada que tampoco pudiera despertar sospecha alguna.

Lo cierto es que la gallina de Feliciano, a partir de ese momento, dejó de "poner" huevos de oro, y que a los dos o tres días doña Julia se marchaba de allí con todas sus pertenencias, es decir, *se mudaba* para otra casa propia, muy lejos de aquélla, en Sancti Spíritus.

Entretanto, siguiendo una nueva corazonada, porque Feliciano Pascual era todo corazón, nuestro héroe había pedido a un amigo dinero prestado para comprarse un "detector de tesoros"; y en efecto, con ayuda de uno de estos aparatos —que entonces se anunciaban muchísimo en diarios y revistas—, encontró un fabuloso tesoro enterrado debajo de uno de los tinajones del patio, justamente al pie del nidal. Sí: encontró un fabuloso tesoro *allí mismo,* en el preciso momento en que su gallina cacareaba anunciando que había puesto un huevo normal que para él valía más, entonces, que todos los huevos de oro del mundo. Y así pudo vivir feliz y en la opulencia el resto de sus días, que no fueron pocos por cierto.

Bueno, pero... ¿y por qué de pronto la gallina de Feliciano dejó de "poner" huevos de oro y doña Julia se mudó después?

¡Ah!, porque Feliciano, antes de salir de casa de su vecina, había colocado en su lugar los tres huevos de oro que llevaba consigo, es decir, los había devuelto a los puntos o cavidades que les correspondían en la hilera, y dejó un papel clavado con su cuchillo en la mesa donde estaba la gallina de juguete.

En el papel había escrito estas palabras, todas en letras mayúsculas:

EL HOMBRE DE LA GALLINA DE LOS HUEVOS DE ORO

24 de febrero de 1986

LA ÚLTIMA PARTIDA DE AJEDREZ

—¡Hey! —prorrumpió una voz de hombre, desde afuera, por una de las ventanas que daban al portal.

La muchacha, que se hallaba leyendo el periódico en la sala, dio un salto en el sillón, levantó los ojos turbada por el susto, y vio allí, en esa ventana, la cabeza de un visitante.

Era alrededor del mediodía, por abril o marzo de 1959, en la vieja casa de Malecón entre Blanco y Galiano, bajos, donde residían el doctor José Fernández y su hija Noemí: un sitio ideal, un verdadero "coche parado", según decían sus amistades y ellos mismos, por lo céntrico, a un paso de los comercios principales, como, por ejemplo, el *Ten Cents* y *El Encanto,* y frente a uno de los espectáculos más hermosos y cambiantes de la Naturaleza: el mar.

La Habana ardía con el entusiasmo de la revolución, con la fiebre de los sueños y de las esperanzas, festejando su triunfo, aunque ya empezaban a manifestarse preocupaciones y descontentos.

La bella muchacha dejó a un lado el periódico *Información,* que tenía la costumbre de leer de cabo a rabo, pues hasta los anuncios clasificados despertaban su interés en aquellos años de extrema juventud.

Por las ventanas de la sala, abiertas de par en par, entraba la brisa acariciadora de un día radiante, el azul purísimo del cielo y del mar —¡ah, el mar siempre tiene algo que decir a quien sabe escucharlo!—, y el suave canto de las olas. Y precisamente cuando más abstraída y tensa estaba Noemí leyendo las noticias —detenciones, juicios, fusilamientos— de aquellos días primeros de la revolución, la había interrumpido esa llamada poniéndola más tensa aún.

Algo repuesta del susto, aunque enojada y muy nerviosa, Noemí le abrió la puerta al visitante, que nunca había llegado en esa forma, y lo regañó advirtiéndole que no volviera a hacerlo.

Él le rogó que lo disculpara. Ella le mandó pasar, hicieron algunos breves comentarios sobre los últimos acontecimientos de horror que habían estremecido a Cuba, y el visitante le preguntó:

—¿Está el *doctor?*
Felipe Cuesta, que así se nombraba el recién llegado, era un viejo amigo del padre de Noemí, el doctor José Fernández, a quien solía dar el cariñoso tratamiento de "dóctor". Y el doctor Fernández era un extraordinario ajedrecista que había sido amigo del gran José Raúl Capablanca, aquella gloria mundial cubana del "juego ciencia". Tan extraordinario era el doctor Fernández como ajedrecista, que el propio Capablanca le decía "Campeón": título con el cual le expresaba su reconocimiento.
Cuando Capablanca jugaba fuera de campeonato, tenía la costumbre de dar al contrario, como ventaja, la dama, o sea la reina. Cierta vez, en una asociación periodística cubana, José Raúl Capablanca y José Fernández sostuvieron un *match* de ajedrez mano a mano, es decir, sin la ventaja que daba Capablanca... ¡y el "Campeón" le hizo tablas al Maestro delante de numerosos periodistas, testigos de este acontecimiento excepcional que recogió la prensa cubana de la época! El doctor Fernández, con lágrimas en los ojos, contaba a su hija Noemí que no había querido apretar al Maestro para ganarle aquella partida, porque, de habérselo propuesto, se la hubiera ganado: ¡tan alta era la admiración, tan profundo el respeto, tan cálido el afecto que hacia él sentía en todo momento y lugar, que nunca se arrepintió de haber actuado así! ¡Cómo se emocionaba al recordarlo!
Hombre sumamente bohemio y despreocupado, que no tomaba casi nada en serio, el doctor José Fernández dedicó su vida a su carrera de farmacéutico y ajedrecista. Su casa era un pequeño y particular club de ajedrez donde jugaba todas las noches desde tempranas horas. Y si no, se iba a jugar a distintas sociedades regionales de la bella Habana, como, por ejemplo, el *Centro Gallego,* y al regreso, en su obligado trayecto hacia su casa, pasaba por la peña ajedrecística de los portales de Galiano casi esquina a Ánimas: "la peña de Cabrera", así llamada porque el negocio de ventas de café, tabacos, cigarros y guarapo, que allí había, era de un tal Cabrera —Manuel Cabrera—, también fanático del juego ciencia. Y al pasar el doctor Fernández por la peña, Cabrera y los demás ajedrecistas no lo dejaban seguir su camino y rápidamente le buscaban una mesa, un tablero, dos sillas y un contrario. Y el doctor Fernández, ni corto ni perezoso, comenzaba a dar una nueva demostración de su ciencia y de su arte. Le hacían coro los curiosos que estaban en el lugar, casi todos ajedrecistas o aficionados a ese juego, y hasta muchos de los que asimismo por allí acertaban a pasar, y establecían un semicírculo alrededor de la mesa donde él jugaba.
Su estrategia consistía en dos puntos capitales: primero, dar todas las ventajas al contrario; y segundo, dar la sensación real de que para

él, es decir, para el propio doctor Fernández, no había escapatoria o triunfo posible.

Cuando todos creían irremisiblemente perdido el *match,* el Campeón, haciendo una serie de movimientos totalmente inimaginados e inimaginables por ninguno de los presentes, ganaba a su contrario con una jugada *"brillante".*

Otras veces, en distintos momentos y lugares, ofrecía "simultáneas" de ajedrez que estribaban en jugar (él solo) contra treinta o cuarenta tableros, algunas "a ciegas", o sea con los ojos vendados, y ganaba a todos los contrarios.

Esto le valió su gran fama de ajedrecista en cuanta peña de ajedrez había en la capital de Cuba, y el sobrenombre de "Campeón", que como ya se ha dicho le dio Capablanca y que luego se generalizó.

En 1957, en la peña de Cabrera, el doctor Fernández reencontró una noche a su viejo amigo oriundo de Sancti Spíritus, Felipe Cuesta, mulato, de unos cincuenta años, mediana estatura, complexión fuerte, pelado alemán. Después de la emoción del reencuentro, el doctor Fernández le dio su dirección (a tres o cuatro cuadras de la peña).

Muy pronto Felipe Cuesta comenzó a ser el compañero habitual del Campeón en su mundo ajedrecístico de caballos, peones, alfiles, torres, reyes y damas. Su acostumbrada visita comenzaba diariamente alrededor de las tres de la tarde y terminaba después de la medianoche.

De más está decir que Felipe compartía la cena y el café de aquella casa, y en muchas ocasiones algún *"sandwich* cubano" delicioso que por encargo del doctor Fernández traía de *Los Parados,* en Neptuno y Consulado, o alguna ración de arroz frito de los chinos de *La Muralla de Oro,* en Consulado casi esquina a Neptuno.

Presto siempre a servir al doctor Fernández y a la señorita Noemí, poseedor de un carácter inmutablemente encantador, Felipe Cuesta era discreto, complaciente: en una palabra, *servicial,* aunque hermético para hablar de sus cosas o las de su familia. Visitaba la vieja casa de Malecón desde 1957, y en todo ese tiempo el doctor Fernández sólo supo de Felipe que estaba retirado, pero no de qué, y que vivía en el barrio de Luyanó con su esposa y una cuñada.

Cierta vez, al despedirse, y sin más explicaciones, Felipe Cuesta comunicó al doctor Fernández y a Noemí que tenía que operarse un forúnculo en la parte posterior del cuello, que por tal motivo estaría ausente de aquella casa algunos días, y que no se preocuparan: que él los llamaría por teléfono para decirles todos los detalles concernientes a la operación, que según sus palabras era algo de poca importancia.

Transcurrió más de un mes sin noticias de Felipe, y tanto el doctor

Fernández como la sensitiva muchacha no sólo extrañaban sus diarias y largas visitas, sino que también se recriminaban el haber sido tan desidiosos, el no haber mostrado mayor interés en saber las cosas fundamentales de aquél, como, por ejemplo, su dirección y su teléfono, y en conocer a su esposa y a la hermana de ésta. Así, pues, llegado el momento de este contratiempo de salud, el doctor Fernández no sabía dónde interesarse por su fiel amigo de tantos años. Y ahora, de sopetón, cuando menos lo esperaba Noemí, Felipe la había llamado por una de las ventanas de la sala que daban al portal: cosa inusitada en él; y después de la reprimenda, de la disculpa y de la breve conversación sobre los acontecimientos de actualidad, le había preguntado:

—¿Está el *doctor*?
—Sí —le respondió la joven—, ahí está, como siempre a esta hora: durmiendo. Ya usted sabe que él hace de la noche, día; y del día, noche.

En efecto: el doctor Fernández dormía profundamente en su cuarto, pues se acostaba casi siempre a las tres de la mañana, después que cerraban la peña de Cabrera o que algún amigo ajedrecista, trasnochador como él, se despedía.

A Noemí le mortificaba muchísimo ese desorden de invertir las horas, y lo regañaba muy a menudo diciéndole que era el padre de la bohemia.

—Y usted, ¿cómo se encuentra de salud? Nos ha tenido preocupados —le dijo Noemí a Felipe.

—Bien, señorita. Gracias. Ya todo pasó —repuso el recién llegado.

Felipe Cuesta vestía camisa de manga corta, de color *beige*, y pantalón de un tono *beige* más subido. Calzaba mocasines bastante viejos, aunque limpios, de color de avellana. Estaba pelado como de costumbre, y en la parte posterior del cuello tenía un vendaje bastante grande.

Inmediatamente, Noemí fue a la habitación de su padre y lo despertó diciéndole:

—¡Papá, papá, despiértate! ¡Ahí en la sala está Felipe!
—¿Eh?, ¿eh?, ¿eh? ¿Qué es lo que pasa? —exclamó sobresaltado el doctor Fernández, medio dormido aún, sin entender lo que oía.
—¡Que ahí en la sala está Felipe! —le repitió Noemí.

Movido como por un resorte, el doctor Fernández se levantó, se dirigió al baño, se lavó la cara, se puso una camisa, se vistió rápidamente, y fue al encuentro de Felipe. Lo estrechó con fortísimo abrazo, y le dijo:

—¡Caramba, compadre, yo creía que usted se había muerto! Y co-

mo no sabía tu dirección ni dónde te habían operado, no pude interesarme por ti.
Luego de corresponder a su abrazo, Felipe le dijo:
—No te preocupes. Ya todo pasó. No quería angustiarlos con mis problemas.
Inmediatamente después de estas palabras, pasaron al comedor y comenzaron como de costumbre a jugar una partida de ajedrez.
Felipe era un jugador mediocre, pero ferviente enamorado del juego ciencia y el más fiel admirador que en esa disciplina tenía el doctor Fernández. No obstante, el Campeón se dejaba ganar muchas veces por él para estimularlo y, especialmente, para que no dejara de acompañarlo día a día, sin falta, en el apasionante desenvolvimiento de sus numerosas partidas. Por eso fue por lo que Noemí, sumamente extrañada al notar la ausencia de Felipe, había comentado una y otra vez con el doctor Fernández que algo raro le ocurría a tan puntual amigo, porque —según expresión muy característica de la propia Noemí— "primero se caía una estrella del firmamento que Felipe dejara de venir a nuestra casa".
Mientras los ajedrecistas, después de casi dos meses, reanudaban sus partidas, y el doctor Fernández exclamaba, como era su costumbre: "¡Te estoy ganando a zapatazos!", Noemí coló café y les llevó sendas tazas del humeante y aromático "néctar de los dioses", con más calidad de néctar y más propio de los dioses hecho por ella.
Cuando terminaron de jugar la primera partida, el doctor Fernández le dijo a Felipe:
—¡Te la gané a zapatazo limpio!
A lo que Felipe contestó:
—¡Claro! ¡Cómo no me vas a ganar a zapatazo limpio si estás jugando con un muerto!
El doctor Fernández y Noemí se rieron de esa expresión e interpretaron que Felipe quería decir que estaba convaleciente de su operación del forúnculo y que, por lo tanto, se hallaba débil y no en las mejores condiciones para enfrentarse con el Campeón.
Felipe miró nerviosamente su reloj de pulsera, y le dijo al doctor Fernández:
—Bueno, vamos a jugar la última, porque ya no tengo más tiempo.
Al oír aquellas palabras, tanto el doctor Fernández como Noemí se sintieron muy extrañados, ya que Felipe no tenía horario para jugar al ajedrez, pero —cosa rara— no le hicieron ninguna objeción o comentario al respecto.
Rápidamente, como quien cumple un requisito, jugaron esta última partida, y el doctor Fernández esta vez dejó que la victoria sonriera a Felipe, es decir, lo dejó ganar para halagarlo.

Felipe se levantó muy emocionado por el triunfo, y le dijo a su compañero:

—¡Ya ves, Campeón, cómo esta última no pudiste ganármela a zapatazos! Y ahora me voy, porque ya no tengo más tiempo.

El doctor Fernández y Noemí, sin salir de su asombro, le preguntaron que cuándo volvería.

Él contestó:

—No lo sé. Volveré en cuanto me sea posible.

Se despidió de ellos con un fuerte apretón de manos, muy rápidamente, y se fue.

Luego, el Campeón y la muchacha hicieron algunos comentarios sobre la rara conducta de Felipe y su inusitada prisa. La vida siguió su curso, como suele decirse, aunque a ambos les quedó, dentro de lo más profundo de su ser, un sentimiento indescriptible de tristeza y de vacío tras la despedida de Felipe Cuesta.

No obstante, alimentaban la esperanza de que él volvería como antaño a aquella casa para animarlos con su presencia, para jugar al ajedrez y servirlos con gusto en todo lo que necesitaran.

Justamente siete días después de esta visita de Felipe, mientras Noemí, al mediodía, sentada en su sillón, leía en la sala el periódico, llamaron a la puerta dando unos suaves golpes con la aldaba.

Noemí observó primero por la mirilla, y vio dos mujeres de edad madura, mulatas, totalmente vestidas de negro. Les preguntó, sin abrir, qué deseaban. Y le contestaron con otra pregunta:

—¿Aquí viven el doctor Fernández y su hija Noemí?

Ella les respondió:

—Sí, aquí es.

Y abriéndoles la puerta, les dijo:

—Pasen y tomen asiento.

Acto seguido les preguntó:

—¿Quiénes son ustedes y en qué puedo servirlas?

Le contestaron:

—Queremos hablar con su padre y con usted.

Noemí fue a despertar al doctor Fernández, que, como de costumbre, dormía profundamente a esa hora.

El padre de Noemí llegó a la sala, dio la mano a las damas, y les dijo:

—Bien, ¿en qué puedo servirlas?

La mayor contestó sacando un pañuelo de la cartera y enjugándose las lágrimas:

—Yo soy la viuda de Felipe Cuesta, y ésta es mi hermana Irene. Hemos venido a comunicarles que Felipe falleció hace hoy exactamente siete días, alrededor de esta misma hora.

El doctor Fernández y Noemí se quedaron perplejos, y le contestaron al unísono:

—¡Pero eso es imposible, porque hace exactamente siete días, más o menos a esta misma hora, Felipe estuvo aquí, en esta casa, jugó al ajedrez, tomó café y hasta conversó un poco!

Entonces la viuda de Felipe Cuesta les dijo:

—¿Cómo pudo haber sido eso posible si en esos momentos mi marido estaba agonizando? Él fue operado de cáncer en el cuello, y el médico le dio muy pocos días de vida; pero todo el tiempo después de su operación infructuosa permaneció en el hospital hablando siempre de ustedes. Y nos encargó que si dejaba de existir les avisáramos personalmente viniendo a verlos a esta dirección cuando pasaran algunos días de su fallecimiento, pues no quería causarles mayores molestias. *Él tenía verdadero delirio con ustedes.*

En el doctor Fernández y en Noemí, que se hicieron infinidad de preguntas al respecto, crecía cada vez más el estupor, sobre todo en el doctor Fernández, hombre de ciencia, que decía no creer en esas cosas, y ante cuya evidencia no le quedaba más remedio que rendirse ahora.

Las dos damas, casi al unísono, convinieron entonces en decirles:

—Este fenómeno pertenece al mundo espiritual.

E Irene, familiarizada en mayor grado que su hermana con estas cuestiones del más allá, les explicó:

—Esto es lo que se llama una materialización del espíritu. Él deseaba ardientemente reanudar sus juegos de ajedrez con usted —dijo señalando al doctor Fernández—, y parece que Dios le concedió esa alegría final: poder jugar con usted su última partida de ajedrez.

Al año de ocurrido todo esto, visitaba aquella casa los domingos el doctor Manuel Recio, magnífico ajedrecista y dentista de profesión. Invariablemente lo acompañaba su esposa Emelina, mujer culta, de grandes inquietudes literarias y admiradora del precoz talento poético de Noemí.

Uno de esos domingos, conversaban las dos en la cocina mientras la joven poetisa colaba café; y de momento, Emelina llamó su atención diciéndole:

—Noemí, Noemí, ¿quién es ese mulato que te está barriendo el patio?

Como Noemí no acertaba a verlo por más que mirara, Emelina le puntualizó:

—Sí, ese mulato vestido con camisa de mangas cortas, de color *beige* claro, pantalón de un *beige* más subido, mocasines de color de avellana, pelado a lo alemán, y que te está barriendo el patio.

Noemí se quedó en una pieza al oír la descripción exacta que Emelina hacía de Felipe sin haberlo visto nunca ni haber oído hablar de él. Y antes de contarle la historia lo más brevemente que pudo, sólo atinó a decirle:

—¡Emelina, por Dios, ese hombre que ves barriéndome el patio, como solía hacerlo, es Felipe Cuesta, el fiel amigo de mi padre, nuestro leal servidor que no nos olvida: vestido como estaba la última vez que visitó esta casa para jugar la última partida de ajedrez!

15 de marzo de 1986

EL OJO DE VIDRIO

Era difícil olvidar su rostro. Le faltaba el ojo izquierdo, y la horrible cuenca vacía, por ese motivo, era doblemente siniestra.
El infeliz viejo no tenía más enemigo declarado que yo, y todo el mundo lo sabía. Así, pues, no podía matarlo impunemente, como deseaba, porque las sospechas recaerían inmediatamente en mí.
¿Qué hacer entonces?
Me dediqué a buscar uno que se le pareciera, para matarlo "por sustitución" y poder hallar, de ese modo insólito, alguna especie de alivio, sin despertar sospechas.
Hacía mucho, mucho tiempo que no nos veíamos. Yo había cambiado de localidad para evitar encontrarme con él y tener que matarlo siguiendo un impulso *irresistible*. Y mucho, mucho más tiempo transcurrió. Pero mi odio crecía con el tiempo, y ya no había espacio en mi corazón para tanto odio. Y a pesar del tiempo transcurrido y del espacio que nos separaba, yo seguía buscando infructuosamente uno que se le pareciera, para matarlo "por sustitución", pues... ¿de qué no es capaz una mente desquiciada como la mía?
Cierta vez, hallándome en el interior de una tienda, alguien se detuvo en la calle, frente al cristal de uno de los escaparates, o "vidrieras", para observar las muestras de los géneros que allí se vendían. Pude verlo bien, muy bien, a través del cristal, sin que él me viese a causa de la diferencia de luz. Era igual a quien yo odiaba, sólo que un poco más viejo, un poco más delgado, y no le faltaba ningún ojo.
No entró. Al retirarse, comencé a seguirlo cautelosamente, cautelosamente, durante mucho, mucho tiempo, hasta una solitaria callejuela. ¡Ah, la noche había caído entretanto, y ésa era mi oportunidad!
Lo maté. No explicaré cómo, pero lo maté. ¡Sí! ¡Lo maté, porque *me pareció que se parecía al otro*, y sólo por eso! Y cuando le di el golpe de gracia, rodó por el suelo un pequeño objeto de vidrio que tenía la forma de un ojo humano. Sentí como si un sapo frío cayera de golpe sobre mi corazón. Entonces, rápidamente, miré

hacia el rostro del cadáver: ¡le faltaba el ojo izquierdo, y la horrible cuenca vacía, por ese motivo, era doblemente, triplemente siniestra! ¡Desde el suelo, como si me mirara fijamente, con fijeza escalofriante, el ojo de vidrio parecía burlarse de mí sabiéndome *irremisiblemente perdido y condenado a morir en la silla eléctrica!*

22 de marzo de 1986

EL AHORCADO

Al pasar frente a aquella casa de La Habana Vieja, en el piso alto, vi un letrero: *Se alquila.*
En los bajos vivía el encargado, y subí con él a ver la propiedad. Era muy antigua, espaciosa, y estaba recién pintada. El olor de la pintura fresca y de la lechada húmeda aún, remozó con agradables recuerdos juveniles mi espíritu apesadumbrado, y me deleité al escuchar el eco de mi voz retumbando en el silencio de la casa vacía, donde sólo se hallaban algunos cubos y algunas brochas.
La casa me gustó, y quedé en volver al día siguiente para ajustar ciertos detalles antes de alquilarla.
Cuando volví como había prometido, a la hora convenida, el encargado me dio la llave y subí solo.
Revisé bien la casa. Traía la medida de mis muebles para ver si cabían en las distintas piezas, y, al abrir la puerta del baño, hallé unos pies suspendidos en el aire, a considerable distancia del piso. ¡Eran los pies de un ahorcado!
Bajé corriendo la escalera para dar la noticia, y, cuando subimos, el ahorcado había desaparecido sin dejar huellas.
Por más que juré y expliqué, nadie quiso creerme. Yo mismo no quería creerlo, pero lo había visto con mis propios ojos, y nunca he podido olvidar el rostro del ahorcado: ¡un rostro cuya expresión de burla —más increíble aún— contrastaba con el horripilante espectáculo de muerte tan trágica!
Como era de esperarse, decidí no alquilar el viejo caserón. De todas maneras no me lo habrían alquilado ya, suponiéndome loco.
Meses después, conocí a un joven que me sorprendió por su extraordinario parecido con el ahorcado: tendría, aproximadamente, la misma edad de aquél —unos veinticuatro años—, y en su rostro había la misma expresión de burla.
—Este bellaco —dije entre mí— es el que quiso asustarme haciéndose el ahorcado para que yo no alquilara aquella casa, o sabe Dios con qué fin.

Y cogiéndolo por el cuello con una soga, lo obligué a confesarme la verdad:

El joven era el hijo del ahorcado, cuya fotografía, que llevaba consigo, me mostró. Y el hijo era el vivo retrato de su padre, que se había suicidado ahorcándose en el baño de aquella casa a los veinticuatro años de edad: ¡la misma edad que ahora tenía el joven que estuvo a punto de morir, también, ahorcado!

24 de marzo de 1986

FUERA DE SU ATAÚD

Vean ustedes con la imaginación una nariz de gancho sobre unos bigotes de manubrio.
¿Ya?
Bueno; pues ya vieron ustedes al doctor Bruno Fosco.
Hombre de empresa y de presa, millonario y filántropo, al año justo de su muerte, iban a develar una estatua suya en el cementerio.
Amigos y periodistas se hallaban presentes.
Era un día nublado, húmedo, como en ese momento lo estaban los ojos de su viuda.
Todos, al igual que ella, deseaban con impaciencia que finalizara la pieza oratoria, muy brillante por cierto, para ver la estatua del doctor Fosco.
Pero he aquí que cuando el orador terminó su discurso y uno de los circunstantes procedió a descubrir la estatua, lo que se descubrió fue que debajo del velo no había estatua alguna. ¡La estatua había desaparecido!
La expectación era tan grande como profundo el silencio.
Una voz de ultratumba dijo entonces:
—No quiero estatuas. Lo que quiero es que me dejen descansar en paz.
Era la voz del doctor Bruno Fosco.
Su viuda, que padecía del corazón, se desmayó a causa del doble impacto, y, llevada inmediatamente al hospital, los médicos dijeron que su estado era grave.
Empero, no murió.
Se fue restableciendo poco a poco; y, mientras se hacían averiguaciones, todas infructuosas, para dar con el paradero de la estatua, regresó a su sombría y suntuosa residencia, en cuya biblioteca, según costumbre, le gustaba encerrarse para leer hasta altas horas de la noche, porque allí solía sorprenderla el sueño y ésa era la mejor forma de combatir su insomnio.
Una medianoche, en la biblioteca, la despertó un ruido. Se había

quedado profundamente dormida en un sillón, con un libro en la mano, y, al abrir los ojos, ¡vio ante sí un ataúd! Y dentro del ataúd... ¡vio el cadáver de su esposo! Llena de espanto, sólo atinó a tocar el timbre de alarma, a pocos pasos del sillón, y cayó muerta.

Me sentí momentáneamente perdido, pues no había contado con el timbre y todo eso era obra mía: desde la desaparición de la estatua hasta la aparición del ataúd con el cadáver del doctor Fosco.

Lila, su viuda y heredera única, era mi tía, de la cual era yo el único heredero.

La víspera del día señalado para la develación, fui por la noche al cementerio y, con ayuda de unos cómplices, robé la estatua.

El velo que la había cubierto siguió manteniéndose en firme y en forma, sujeto por medio de un truco semejante al que emplean los ilusionistas en el teatro y que no explicaré ahora, porque la explicación es larga y no dispongo del tiempo necesario.

Como yo era la persona designada para ello, cuando el orador terminó su discurso procedí a descubrir la estatua; y cuando se vio que debajo del velo no había estatua alguna, hice uso de mis facultades de imitador de voces y ventrílocuo.

Pero la vieja no murió del susto. Entonces compré en *El Palacio de las Bromas* un ataúd plegadizo, de un material sintético muy fino y liviano, con un muñeco dentro, del mismo material, que se parecía extraordinariamente al difunto doctor Fosco, y al que yo, para acentuar aún más el parecido, le había puesto una nariz de gancho y unos bigotes de manubrio, que compré en el mismo lugar.

El ataúd, como he dicho, era plegadizo, al igual que el muñeco, y se llevaba fácilmente en la mano, sin llamar la atención, pues podía reducirse al tamaño de una carpeta, y se armaba o desarmaba en un santiamén, según el caso lo requiriera.

Mediante un procedimiento de mi invención, que no revelaré, abrí la puerta de la residencia y entré luego en la biblioteca, donde dormía la viuda del doctor Fosco.

Desplegué el ataúd, me escondí detrás de las cortinas para ver sin ser visto, e hice un ruido para despertarla.

Mi plan era largarme de allí, una vez que me cerciorase de su muerte, llevándome el ataúd, es decir, sin dejar huellas. Pero no había contado con el timbre. Traté en vano de desconectarlo cuando empezó a sonar; y tanto sonaba y sonaba y seguía sonando, que me puse nervioso, muy nervioso. Escuché unos pasos que se acercaban, salí huyendo, y se me quedó el ataúd en la biblioteca.

La prensa, la radio y la televisión comunicaron al público el fallecimiento de la viuda del doctor Fosco, que era muy conocida y admirada como benefactora de la sociedad. Sin embargo —cosa rara—, en ningún momento se dijo una sola palabra sobre las extrañas circunstancias que rodeaban su insólita muerte, ni se hizo comentario alguno acerca del ataúd, ni siquiera se mencionó su hallazgo.

Silencio absoluto.

Sólo pude "averiguar" en la funeraria que había fallecido de muerte natural y repentina. Del corazón. Y no seguí haciendo preguntas que hubieran podido comprometerme.

Los días pasaron, el silencio continuaba, mi curiosidad aumentó con los días y con el silencio, y decidí regresar al escenario del crimen.

Usando nuevamente el procedimiento de mi invención, abrí la puerta de la residencia, entré luego en la biblioteca, y me encerré allí a la misma hora en que habían ocurrido los hechos relatados.

Al encender la luz, golpeó mi vista y mi corazón el ataúd desplegado, armado todavía, *pero ya vacío,* en el propio lugar donde yo lo había puesto. Y un poco más allá, *fuera de su ataúd,* estaba el mismísimo cadáver del doctor Bruno Fosco, sentado, como esperándome pacientemente, en un sillón de terciopelo.

En cuanto lo vi, quedé paralizado.

En cuanto me vio, púsose en pie y avanzó poco a poco, poco a poco, amenazadoramente, hacia mí.

El terror me hizo confesarle mi crimen, sin omitir detalle, y le conté la historia, toda la historia, paso por paso, desde el principio hasta el final, de rodillas y pidiéndole perdón.

Momentos después, se presentaron ante mí los demás policías, que se habían escondido detrás de los cortinajes para grabar mi confesión en cinta magnetofónica, mediante micrófonos ocultos, y procedieron a detenerme. Y digo "los demás policías", porque el supuesto cadáver era uno de ellos.

29 de marzo de 1986

EL MONSTRUO EN EL COCHE

Supuse que sería viuda o divorciada, o que su esposo se hallaría de viaje o ausente por cualquier otro motivo: enfermo, o preso, ¡qué sé yo! Lo cierto es que la dama —porque era toda una dama, elegantemente vestida, y no una niñera— siempre iba sola, sin más compañía que un cochecito en el que —pensé— llevaba a su hijo.

Así la había visto incontables veces, tanto en el parque, al atardecer, como en distintos establecimientos comerciales: invariablemente sola, o sea con el cochecito. Y había llamado mi atención que este cochecito tuviera siempre toda la capota echada, y que un tapacete del mismo color y material que ésta, sujeto con broches, le cubriera el frente, aunque no hiciera frío, aunque no hubiera sol, aunque no lloviera ni lloviznara.

Una tarde la hallé, deshecha en llanto, sentada en un banco del parque. Había ido sin el cochecito. Y acercándome a ella, le dije:

—Señora, permítame presentarle mis respetos. ¿Puedo ayudarla en algo?

—No lo creo, señor —repuso enjugándose las lágrimas con un pañuelo—. Pero de todas maneras, gracias. Siéntese.

—¿Y el niño?

—¿Qué niño?

—El que siempre saca usted a pasear en coche.

—¡Ah, no: no es un niño!

—Bueno, la niña.

—Tampoco es una niña.

Después de una pausa bastante larga, aclaró:

—Es mi esposo.

—Perdón: no oí bien.

—Que es mi esposo.

—¿Su esposo?

—Sí: mi esposo. Precisamente mañana es nuestro aniversario de bodas. Cumplimos siete años de casados. Menos mal que puedo hablar con usted, como hace tiempo lo deseaba, aunque lo conozco sólo de vista, y que puedo llorar para desahogarme, como también

hace tiempo lo deseaba, pues llegué a creer que mis ojos se habían secado consumidos de tanto dolor.
—Tiene usted unos ojos muy bellos.
—Gracias.
—¿Y dice usted que hace tiempo deseaba hablar conmigo? Pues lo mismo me pasaba a mí con usted. Hace tiempo que deseaba hablarle. Y ya ve: hoy me atreví a hacerlo por primera vez, que espero no será la última si usted me lo permite y me da la dicha.
—Por supuesto. Le repito que hace tiempo deseaba que conversáramos, aunque lo conozco sólo de vista. Pero mis ojos nunca me engañan, y sé que usted es capaz de comprenderme. Lo sé desde la primera vez que lo vi.
—Y ya, señora, que en nuestra *primera* conversación ha salido a relucir la palabra *vista*... ¿cree usted en el "amor a *primera vista*"?
—¡Firmemente!
—¡Coincidimos!
—El que hoy es mi esposo y yo nos casamos un día después de habernos conocido... ¡y fuimos muy felices!
—¿*Fueron?* ¿Ya no lo son?
—Fuimos muy felices.
La dama me mostró una fotografía de la boda. Los novios, sonrientes, eran lo que suele decirse una pareja ideal: ella un poco más joven que él, y él un poco más alto que ella.
—Como al año de nuestro matrimonio —añadió entonces la distinguida y hermosa dama—, mi marido sufrió un accidente... ¡y tuvieron que amputarle los pies! Cuando salió del hospital, completamente restablecido, nos retratamos en casa. Mire —y sacó de la cartera otra foto, en la que ella se veía ya un poco más alta que él.
—Pronto sufrió un nuevo accidente... ¡y tuvieron que amputarle las piernas a la altura de las rodillas! El tercer accidente no se hizo esperar... ¡y tuvieron que amputarle los muslos! El cuarto accidente no tardó en presentarse... ¡y tuvieron que amputarle las manos! Ocurrió el quinto accidente... ¡y tuvieron que amputarle los antebrazos! Sólo le quedaban los brazos... ¡y también tuvieron que amputárselos a consecuencia de un sexto accidente!
—¡Qué *karma!*, ¿eh?
—Sí. ¡Qué *karma!* ¡Qué clase de *karma!* ¡Suyo y mío!
—Y posiblemente mío también, pues ya me siento copartícipe. ¡Créamelo!
—A causa de una mala conformación hereditaria, el tronco de mi esposo es extraordinariamente corto y estrecho, y extraordinariamente pequeña su cabeza: por lo que aquel hombre más bien alto, de extremidades, sobre todo las inferiores, desproporcionadamente lar-

gas en comparación con el resto del cuerpo, ha quedado reducido al tamaño de un niño de meses. Cierta vez, en esas condiciones, quiso bailar conmigo en un lugar público, para lo cual tuve que cargarlo entre los brazos; y ante la burla de las demás parejas, su carácter, dulce hasta ese momento, comenzó a agriarse. A partir de entonces, se dejó crecer toda la barba y todo el cabello, al máximo, de manera que únicamente se le veían los ojos y la boca, como si fuera una cabeza sola, sin tronco: una cabeza parlante. Y así, en calidad de cabeza parlante, debutó en un circo, pues nos vimos de pronto en la miseria y había que buscar dinero a toda costa, honradamente, claro. Pero "la cabeza parlante" era tan horrible, que el público se aterrorizó al verla; y el efecto fue tan contraproducente, que los empresarios decidieron suprimir el número. Si no hubiera sido porque nos tocó en suerte el premio gordo de la lotería, nos habríamos muerto de hambre. Para celebrar este golpe de suerte, organizamos un *picnic* y nos fuimos con un grupo de amigos al final de este parque, al pie del lago. ¿Sabe dónde?

—Sí, sí, por supuesto.

—Luego de haber comido, dejamos a mi esposo allí, durmiendo la siesta dentro del coche, y todos los demás nos dirigimos hacia las grutas naturales, pues habíamos oído hablar de ellas muchísimo y deseábamos conocerlas. Al regreso, como una hora después, hallamos a mi esposo dando gritos. En aquel lugar desolado, le había caído encima un batallón, ¡qué digo!, un ejército de hormigas bravas. Trabajo nos costó quitárselas, y lo llevamos corriendo al hospital. No se murió de milagro, pero me cogió un odio tremendo. ¡Odio a muerte! Cada día me odia más, y me hace la vida imposible. No me ha matado porque no ha podido. ¿Qué podemos, en cambio, hacer con él?

—¡Desaparecerlo! —fue mi única respuesta, y acordamos un plan.

Al siguiente día, atardeciendo ya, la dama llevó a su esposo en el cochecito, quitado el tapacete del frente, hasta el final del parque. Allí, al pie del lago, los esperaba yo, escondido detrás de unos árboles.

—¡Dame un trago y enciéndeme un tabaco! ¡Vamos! —le dijo él con voz de trueno, fuerte, cavernosa, subterránea, que sentí retemblar bajo mis pies, y soltó una palabrota enorme, del tamaño del infierno.

Últimamente le gustaba emborracharse, y ella le daba el aguardiente en biberón, para disimular en público.

—Aquí tiene un tabaco —le dije al monstruo, presentándomele de improviso— para que se lo fume después de darse un trago.

Y le puse el tabaco en la boca.

Era en verdad un monstruo: ¡una maraña de pelos!... ¡una masa

informe y horrible!
Aunque la boca era suya, la cabeza parlante no volvió a decir ni este tabaco es mío. Sólo abrió los ojos. Tanto, tanto los abrió, que más no hubiera podido abrirlos nadie. Y, mirando en derredor, dejó escapar un único gemido, sordo, débil, prolongado, trémulo, *de naturaleza inconfundible.*

—Este sabueso tiene buen olfato —dije entre mí.

Para que se sintiera más cómodo, lo envolvimos cuidadosamente en algodones que luego rociamos —lo mismo que la capota y todo el coche— con el contenido del biberón, que esta vez no era aguardiente, sino alcohol puro de reverbero. Y para liberarlo de esa cárcel, para que no sufriera más, encendí un fósforo y lo eché dentro del coche. Un fósforo. Sólo uno.

Entonces..., entre los gritos, alaridos y aullidos del condenado, mientras el humo de ese infierno ascendía, ascendía, ascendía al cielo en forma de plegaria, me acerqué a la dama de mis sueños, la tomé por el talle con ternura, con mucha ternura, y nos besamos con pasión ardiente, ardiente, muy ardiente, tan ardiente como las llamas que poco a poco, a fuego lento, cocinaron al monstruo en el coche.

2 de abril de 1986

EL HOGAR PERDIDO

Hacía por lo menos un lustro que el joven y apuesto Enrico faltaba de su humilde hogar en el bosque. Se había ido en pos de la fortuna que soñaba conseguir para él y sus padres, jóvenes y fuertes aún, su bella esposa y sus dos hijos pequeños, todos los cuales quedaron allí esperándolo, y ahora regresaba más pobre que antes, comprendiendo que sólo dentro de ese hogar se hallaba la fortuna verdadera. El drama de siempre se repetía. Y los pájaros del bosque, ignorándolo, se pusieron de acuerdo para cantar, como si celebrasen el retorno de Enrico; pero sólo era una coincidencia, porque en realidad cantaban para celebrar la vuelta del alba.

Durante el largo viaje de regreso, la noche había sorprendido a Enrico en medio del bosque, y él se había refugiado en una cueva conocida, donde hizo lumbre, para evitar los peligros nocturnos. Y ahora..., entre la luz del alba y el canto de los pájaros, se hallaba al fin cerca de su casa, tan cerca, que le pareció escuchar los ladridos de su perro, que siempre salía a recibirlo; pero eran los graznidos de un ave agorera que salió volando de la casa, pasó por encima de él y se perdió a lo lejos.

Al llegar Enrico, también salieron volando de su corazón, pero silenciosamente, las esperanzas que albergaba: cinco rústicas cruces de madera, cinco fosas en la tierra del huerto abandonado, cinco nombres del alma, en sendas inscripciones, fue todo lo que halló en su hogar. ¡Oh, no: todo no! Sus padres, su mujer y sus dos hijos descansaban a unos pasos de otra fosa, mucho más pequeña, donde no había cruz y sólo se leía un nombre: Sultán.

¿Cómo habían muerto su familia y su perro, y quién los había enterrado?

Se hizo mentalmente esta pregunta mientras desandaba el camino con lágrimas en los ojos. Y cuando dejó su casa atrás, muy atrás, se sentó a descansar en las raíces de un árbol corpulento.

No sabía adónde ir ni qué hacer. Pero como vio unas flores muy lindas, sacó de su mochila unas tijeras y fue a cortarlas para llevárselas a sus muertos.

—No lo hagas —le dijo una anciana que acertó a pasar por allí—. En primer lugar, porque cortar flores es segar vidas. En segundo lugar, porque cortar flores para los muertos es segar vidas para vidas ya segadas. Y en tercer lugar, por lo que voy a decirte, que tú desconoces, acerca de tus padres, tu mujer y tus dos hijos. Escucha.
Y le contó una historia sorprendente.
Después le dijo:
—No te muevas de aquí hasta que yo vuelva.
La anciana se alejó por el camino, hacia la casa de Enrico. Y Enrico, que había perdido de vista su casa, pronto también perdió de vista a la que así le había hablado.
La anciana regresó al atardecer, y sólo le dijo:
—Misión cumplida. "Busca, y hallarás."
Enrico le dio las gracias, se despidió de ella, y se fue en busca del hogar perdido.
Se acercaba ya, cuando le pareció escuchar de nuevo los graznidos del ave agorera que había salido volando de su casa al amanecer; pero eran los ladridos de su perro, que salió a recibirlo a la caída de la tarde.
Al llegar Enrico, también salieron a recibirlo sus padres, su mujer y sus dos hijos.
No había cruces ni fosas en el huerto, y Enrico recordó las palabras de la anciana:
—La Muerte los andaba buscando —le había dicho—, y yo, para que no los encontrara y se los llevara, me los llevé primero, para devolverlos después, claro, cuando ella pasara y siguiera de largo creyendo que ya se los había llevado y que se le había olvidado tomar nota en el Libro Negro. Ahora no volverá, *a menos que tú la saques de su error creyendo que te he mentido en algo.* Todo fue muy fácil. Los invité a pasar una temporada en mi casa, sin decirles, por supuesto, que la Muerte los andaba buscando, y aceptaron. Yo misma, con ayuda de mi hijo, para engañar a la Muerte, cavé las fosas y labré las cruces que sólo han visto la Muerte y tú; y yo misma, con ayuda de mi hijo, devolveré hoy al huerto la apariencia de antes. Pero recuerda que ellos lo ignoran todo y no deben saberlo nunca.
Enrico siguió al pie de la letra las instrucciones de la anciana.
Abrazó y besó a sus padres, a su mujer y a sus dos hijos, y todos se sentaron luego junto a él, en semicírculo, cerca de la chimenea, para escuchar, al calor de la lumbre, el relato de sus aventuras durante esos cinco años de ausencia en que ya lo habían dado por muerto. Pero ni él volvió a pensar en la supuesta muerte de ellos, ni ellos en la supuesta muerte de él, porque todos se hallaban, felizmente, *vivos* y otra vez *reunidos.*

Cuando la apetitosa cena de inconfundible olor hogareño estuvo lista, como a las nueve o las diez de la noche, se sentaron a la mesa para celebrar el regreso de Enrico, y allí perdieron la noción del tiempo conversando y saboreando las delicias de un suculento pavo asado, de un buen vino y un excelente queso.

La sobremesa se prolongó hasta la medianoche. Los hijos de Enrico se habían quedado dormidos escuchando sus aventuras, y él se había quedado absorto contemplándolos a todos, mientras hablaba, pues tanto sus padres como su mujer y sus hijos parecían tener la misma edad que cinco años antes. Lo había notado desde que llegó, y no había *querido* pensar en ello. Pero ahora, a medianoche, se hacía *demasiado evidente*. Sin embargo, no hizo ningún comentario, y se fueron a dormir.

Muy de mañana, Enrico despertó a su mujer para preguntarle si durante esos cinco años había vivido todo el tiempo en casa.

Ella le dijo la verdad:

—Tus padres, tus hijos y yo hemos vivido aquí todo ese tiempo. Pero... ¿por qué me lo preguntas?

—Pensé que ustedes habían pasado una temporada en alguna otra casa.

Enrico se despidió de su esposa con un beso, y se fue al bosque a cortar leña.

Tan distraído estaba, pensando que ella le mentía o que le había mentido la anciana, que se le olvidó llevar el hacha consigo. Se había alejado ya considerablemente, cuando se dio cuenta de pronto. Y al girar bruscamente sobre sus talones para volver en busca del hacha, le pareció escuchar los ladridos de Sultán que venía a su encuentro; pero eran los graznidos de un ave agorera que salió volando de la casa, pasó por encima de él y se perdió a lo lejos.

Al llegar Enrico, también salieron volando de su corazón, pero silenciosamente, los sueños que se habían convertido en realidades y las realidades que habían vuelto a convertirse en sueños: cinco rústicas cruces de madera, cinco fosas en la tierra del huerto abandonado, cinco nombres del alma, en sendas inscripciones, y otra fosa, mucho más pequeña, donde no había cruz y sólo se leía el nombre de su perro, fue todo lo que halló en su hogar.

¡Llamó!... ¡Llamó!... Y sólo escuchó su voz y el eco de su voz.

¡Buscó!... ¡Buscó!... Y sólo descubrió *POLVO, SOLEDAD* y *SOMBRA.*

10 de abril de 1986

EL FANTASMA DEL LAGO

Más de doscientos hombres en menos de dos años, entre 1928 y 1930, habían desaparecido misteriosamente, sin dejar huellas, en Hesse-Nassau, antigua provincia de Prusia, en las inmediaciones de un pequeño lago, cuando regresaban de sus labores, a la caída de la tarde, o cuando se dirigían a sus faenas, poco antes de la salida del Sol. Y tales desapariciones se atribuían al fantasma de una joven y bella mujer, rubia y más bien delgada, que, según voz popular, se bañaba a esas horas en el lago.

La muchacha, fallecida en 1927, llamábase Loreley, como la legendaria sirena del Rhin inmortalizada por Heine en sus versos:

No sé por qué estoy triste... una rancia leyenda
De tiempos antiquísimos, a mi memoria viene...
Hiela el viento... atardece... el Rhin corre tranquilo,
Y dora las montañas la luz del sol que muere.

Una hermosa doncella misteriosa se asienta
Sobre el abismo... viste de flamantes joyeles,
Sus guedejas de oro con peine de oro aliña,
Y canta melodías que embeleñan la mente...

Al pescador que acerca su barquilla a la roca
Infúndele salvaje dolor que lo enloquece...
No ve el peligro... y mira fascinado a la bella
Loreley que le encanta ¡y le lleva a la muerte!

La segunda Loreley era hija de Erik, un hombre misterioso, obeso, de barba roja, melena gris, espejuelos oscuros, botas negras, guantes del mismo color y voz atiplada, viudo, que no había tenido más hijos y que vivía, solo, en una vieja casa rodeada de pinos, cerca del lago.

En esa casa vivió Loreley con su esposo, y nadie más, hasta 1927, año en que él se separó de ella para unirse ilegítimamente con otra mujer.

Sabiéndose traicionada, Loreley no quiso continuar allí: cerró la casa y se marchó muy lejos. ¿Adónde? Sólo se supo que a los pocos días falleció a consecuencia del disgusto y que Erik, su padre, a quien nadie había visto nunca por esos contornos, se mudó después para dicha casa.

En las paredes de la pieza principal, revestidas con extravagantes tapices de arabescos, descollaba un gran retrato de Loreley entre un par de cabezas de leones, pues el que fue su esposo era explorador y cazador; ella lo había acompañado en muchas expediciones a África, y esas cabezas eran de leones que la misma Loreley, tan hermosa como valiente, había cazado con su propio rifle. Y cuantos habían visto el fantasma de Loreley bañándose en el lago, lo identificaban con el retrato de la sala.

Así las cosas, cierta vez, a prima noche, un mozo llamado Hans, aparentemente seducido por la belleza de la bañista, la persiguió corriendo hasta la vieja casa rodeada de pinos, cerca del lago, en la cual la vio entrar. La joven dejó la puerta abierta, y él entró momentos después. Loreley echó el cerrojo, e invitó a Hans a descender al sótano con ella. Mientras lo hacían, le dijo la muchacha:

—Baja la cabeza, porque el techo tiene muy poca altura y puedes darte un golpe.

Esto era cierto. Y cuando Hans bajó la cabeza, Loreley, que se había ido quedando rezagada, trató de golpearle la nuca con la enorme y pesada linterna que llevaba consigo. Trató, pero no pudo; porque Hans, que no era un joven incauto, sino un policía, esquivó el golpe y trató a su vez de apresar a la agresora. Trató, pero tampoco pudo; porque Loreley, que se había untado todo el cuerpo con una sustancia aceitosa, se le escapó de entre las manos, subió corriendo la escalera, y lo dejó encerrado a oscuras en el sótano, donde seguramente moriría de hambre y de sed.

Una hora más tarde, llamaron a la puerta de la casa Franz y Fritz, compañeros de Hans. Erik, el padre de Loreley, no tardó en abrirles; y ellos, apuntándole con sendos revólveres, no tardaron en tirarle de la barba roja y de la melena gris, que eran postizas, así como de los espejuelos oscuros, y dejaron al descubierto el rostro, los cabellos rubios y los inconfundibles ojos azules de la bella muchacha, que se había ocultado bajo ese disfraz estupendo, impecable, y cuya ropa masculina había rellenado convenientemente para simular grotesca obesidad.

Hans, entretanto, continuaba en el sótano, condenado, como sus predecesores, a morir de hambre y de sed. Diríase que los espíritus de éstos, enloquecidos de desesperación, lo rodeaban, porque sólo veía en la oscuridad, por todas partes, sus ojos fosforescentes, y sólo escuchaba en el silencio, en todas las direcciones, sus estridentes y sarcásticas carcajadas. Pero no eran ojos y risas de espíritus desencarnados. No eran ojos y risas de espíritus encarnados. No eran ojos y risas de demonios. No eran ojos y risas de seres humanos. Eran los ojos y las risas de los cachorros de hiena que Loreley había traído de África en uno de sus viajes y que había criado y domesticado en el sótano, donde crecieron.

Las hienas son animales nocturnos, muy cobardes, y no atacan así como así, sobre todo al hombre, y estaban esperando el momento oportuno para atacar a Hans, cuando se debilitara o cuando se muriera, porque prefieren la carroña. Entonces no dejarían rastros de él: ¡se comerían hasta sus huesos, como habían hecho con tantos infelices en ese mismo sótano! Si Loreley lo hubiera dejado herido, ya Hans no existiría: ¡el solo olor de su sangre hubiera sido su perdición!

Afortunadamente, Hans fue rescatado por sus compañeros, y Loreley, entre risas histéricas que contrastaban con la serenidad de su rostro, confesó la verdad:

Se había propuesto vengar en todos los hombres la traición de su marido.

Hans, Franz y Fritz se la llevaron, pero no esposada, sino con camisa de fuerza, para el manicomio.

Núñez de Arce, que no la conoció, le hubiera dedicado estos versos que la definen:

Pasma, al mirar su serena
Faz y su blondo cabello,
Que encubra rostro tan bello
Los instintos de una hiena.

(Aunque, claro, había más de una hiena en el sótano de Loreley.)

15 de abril de 1986

EL GORDO

En ese momento pensé: "Me he pasado la vida huyendo sin haber hecho nada malo, y pidiendo... ¡teniendo tanto que dar!"
Estaba total y definitivamente decepcionado del género humano, aunque nunca lo había dicho, y entonces, sólo entonces, me atreví a repetir en voz alta la célebre frase, creo que de Lord Byron: "Cuanto más conozco a los hombres, más amo a mi perro."
Hallándome precisamente a solas con mi perro, éste pareció escucharme, pues levantó las orejas, movió el rabo, y los ojos le brillaron de alegría o de gratitud. Dio un ladrido, salió a la calle, y al cabo de una hora regresó con algo en la boca. Eran diez fracciones, cuidadosamente dobladas, de un billete de la lotería. Alguien las había perdido, y él las había encontrado *la víspera del sorteo*.
Una leve esperanza brotó en mi dolor como una hojita verde en una rama seca.
Pero el sorteo se celebró, y mi esperanza, como siempre, me dejó esperando.
—No importa que el número no haya salido —le dije a mi perro acariciándole la cabeza—. Tu intención me basta para conocer un poco más a los hombres y amarte un poco más a ti.
La víspera del siguiente sorteo, al pasar frente a un puesto donde se vendían billetes de la lotería, hallé, sin buscarlo, el número que no había salido en el sorteo anterior y en el cual había cifrado mi esperanza, es decir, el mismo número que me había traído mi perro. Y, ¡claro!, lo compré. Sólo pude comprar medio billete, pues el dinero no me alcanzaba para comprar el billete entero.
El sorteo se celebró, y mi esperanza... bueno: mi esperanza me dejó esperando una vez más.
—No importa que el número no haya salido —le dije nuevamente a mi perro—. Este revés me sirve para conocer un poco más a los hombres y amarte un poco más a ti.
—No te desesperes —mi mujer me dijo—. Insiste.
Pero juré no volver a jugar a la lotería, y cumplí mi juramento. Entonces la lotería fue la que jugó conmigo: la que se burló de mí.

El número que me había traído mi perro, el mismo número que no había salido en el penúltimo sorteo ni en el último, salió en el siguiente... en el primer premio, y esta vez yo no tenía ni siquiera un pedacito.

Mi perro murió súbitamente. Envenenado. Los vecinos, al saberlo, sospecharon unos de otros, pues a todos les molestaban sus ladridos, pero principalmente a uno apodado "el Gordo": un tipo repulsivo y obeso, con cara de asesino.

Mi mujer, que dormía la siesta, despertó sobresaltada al escuchar los gritos y el llanto de nuestros hijos.

Le conté todo, *todo* lo que había sucedido mientras ella descansaba, y se puso a gritar:

—¡EL GORDO!... ¡EL GORDO!...

Creí que nombraba al citado vecino y que sospechaba de él.

—¡No! ¡Que cogimos el gordo! ¡Que nos sacamos el premio mayor de la lotería!

—¿Cómo dices?

Mi mujer se levantó, abrió una de las gavetas del armario, y extrajo un billete de la lotería, completo, cuyo número acababa de salir en el premio grande. Lo había comprado sin decírmelo, pues tenía más fe que yo en mi perro.

En cuanto a mí, ¿cómo describir mis sensaciones? ¡Ah! El horror me dominaba, y me sentí como el que de pronto escucha rugir un león a sus espaldas o como el que se lanza desde un avión en paracaídas y comprueba, en el aire, que el paracaídas no funciona. ¡Iba a estrellarme contra la tierra para ser sepultado bajo el peso de mi propio corazón! Y exclamé:

—¡Cuanto más *me conozco a mí mismo,* más amo a mi perro: el perro que yo mismo envenené creyendo que se había burlado de mí como los hombres!

5 de mayo de 1986

LOS HALLAZGOS DE ARMINDA

Cornelio Sanchis-Baruge, achacoso y ya jubilado, era inventor, o pretendía serlo. Para muchos, sin embargo, la verdadera inventora, aunque nunca pretendió haber inventado nada, sino que, al contrario, siempre negó haber inventado algo y que, además, decía ser la personificación de la inocencia, llamábase Arminda Laopé, Armindita, su mujer, con veintiún años de edad que eran veintiún cañonazos de alegría, belleza y salud.

Sanchis-Baruge llevaba meses sin poner los pies fuera de su vieja casona de San Lázaro, en la Habana, dando los últimos toques a un invento que iba a patentar en los Estados Unidos y que, según él, lo haría millonario de la noche a la mañana.

El buen hombre había observado las marcas que relojes de pulsera, sortijas, tirantes, crucetas, etc., suelen dejar en la piel por efecto del sol, y así se le ocurrió perfeccionar y ampliar la obtención de esta clase de marcas mediante un procedimiento exclusivo que permitiera la máxima precisión y fijación artística de distintas figuras en la propia piel durante un solo día de playa (con buen sol, fuerte, por supuesto).

El *tatuaje solar,* como él lo llamaba, consistía en pequeños parches adhesivos individuales, de material idóneo, en forma de estrellas, flores, pájaros, mariposas, anclas, flechas, corazones, cuernos de la abundancia, etc., o grandes calados, igualmente adhesivos y de material idóneo, con todas estas figuras y otras, tales como encajes, enrejados y arabescos. Un parche individual en forma de estrella, por ejemplo, era ideal para la frente o la espalda de una mujer; y los calados, a manera de medias hasta las ingles y guantes hasta el nacimiento de los hombros, eran ideales, respectivamente, para piernas y brazos femeninos.

Un *bronceador* de fórmula exclusiva, aplicado antes de la exposición solar, y un *fijador,* también de fórmula exclusiva, aplicado después, garantizarían la nitidez, precisión y mantenimiento del tatuaje, que, al quitar el parche o el calado, no se borraría con nuevas exposiciones solares por lo menos durante toda la temporada de playa.

El éxito estaba asegurado. El *tatuaje solar* se pondría de moda, y los bolsillos tristes de Sanchis-Baruge se pondrían muy contentos.

Entretanto, los hallazgos de Arminda se habían hecho famosos en todo el barrio y habían puesto por los suelos el buen nombre de Sanchis-Baruge, quien para colmo de males se llamaba Cornelio.

—¡Qué suerte tiene mi mujer, compadre! Ayer se encontró en la calle un reloj de oro; antes de ayer, en el cine, unos aretes finísimos; y la semana pasada, en otro cine, un collar que hace juego con los aretes —le había comunicado Sanchis-Baruge a un vecino, cuya lengua era más larga que la de un oso hormiguero y más viperina que la de una víbora, y que, al escucharlo, no se atrevió a decírselo con palabras, pero lo pensó y se lo dijo con una sonrisa en los ojos, imposible de disimular con la seriedad y el silencio de los labios:

—¡Vigila a tu mujer! ¡Vigílala! ¡No seas bobo, chico, no seas bobo!

Sanchis-Baruge vivía en un tercer piso: el último. La escalera, muy empinada y peligrosa, estrecha y oscura, larga, interminable, representaba la inseguridad humana, pues era algo así como una invitación al asalto y al asesinato. Si inspiraba temor al subirla, más temor inspiraba al bajarla. Y viceversa: si inspiraba temor al bajarla, más temor inspiraba al subirla. Esa sensación de inseguridad, que es la esencia del miedo, entraba más y más en casa de Sanchis-Baruge cada vez que su puerta se abría, y se hacía más y más firme, más y más densa, casi palpable, cada vez que su puerta se cerraba. Era una sensación indefinida, pero no indefinible. Estaba, sobre todo, en el techo de aquella sala tristona, en las manchas de humedad que allí se habían secado y que allí habían quedado estampadas: huellas de una antigua filtración procedente del cuarto de la azotea.

Así como en el cielo suelen formar las nubes las más caprichosas figuras, así en las manchas del cielo raso de la sala podían distinguirse, sin mucho esfuerzo, las figuras más peculiares, variadas y grotescas. En aquel conjunto, por ejemplo, sobresalía la cabeza de un venado de astas o cuernas tan estiradas y ramosas que se perdían entre los arabescos de otras manchas. Todo parecía obra de un pintor —verdadero *enfant terrible*— en cuyo estilo predominara singularmente lo *burlesque* y lo *drolatique,* con mucho de *diabolique.* Y detrás de todo esto, como música de fondo, estaba la desolación, representada con frecuencia por las notas vacilantes, inseguras, de un piano desafinado en el que estudiaba a lo lejos su monótona lección una vecina: una niña pobre, huérfana. Y estaba el miedo. Siempre el miedo. ¡Ah! El miedo es una esencia misteriosa inherente al corazón humano.

La mejor amiga de Arminda, la cincuentona Celeste Grinalde,

había venido a ocupar el cuarto de la azotea por unos días, pues se hallaba a la sazón separada de su esposo a causa de otra mujer. (Su verdadero nombre era Celestina, pero ella lo ocultaba y se hacía llamar Celeste para evitar cualquier alusión al personaje de la *Tragedia de Calixto y Melibea*.) Le habían advertido que no usara el lavamanos ni la ducha de ese cuarto, y tenía a su disposición, muy cerca por cierto, uno de los baños de la casa, que eran dos sin contar el que debía considerarse fuera de servicio. (En realidad, no había más cuartos disponibles: uno era el dormitorio, otro el de vestir, otro el destinado a la biblioteca, otro el de experimentación, especie de laboratorio, y otro, el último, de desahogo.) No obstante la advertencia, como a los pocos días sufrió un ataque de amigdalitis y el médico le mandó toques de azul de metileno, una noche se le derramó a Celeste un frasco de dicho producto en el lavamanos del cuarto de la azotea, y todo el contenido se fue por el tragante. Al otro día, para asombro y admiración general, varias de las manchas del techo de la sala aparecieron hermosamente coloreadas de azul. Algo en verdad increíblemente bello y fuera de serie. Buena prueba de cómo de una causa tan vulgar puede surgir un efecto tan fantástico.

En busca de nuevos efectos, más fantásticos aún, Sanchis-Baruge se pasaba horas enteras mirando esas manchas a través de cristales de distintos colores, ya que Arminda tenía un par de espejuelos de cristales verdes, otro de cristales anaranjados, otro de cristales rojos, y así sucesivamente: una colección completa que, de haberla conocido Campoamor, la hubiera celebrado con aquellos versos que Sanchis-Baruge decía cada vez que de colores se trataba:

> *Y es que en el mundo traidor*
> *Nada hay verdad ni mentira:*
> *Todo es según el color*
> *Del cristal con que se mira.*

En una memorable coyuntura, a medianoche, durante el paso de un ciclón, se fue la luz y hubo que encender las velas del candelabro que adornaba el centro de la mesa del comedor.

Llevado a la sala el candelabro, Sanchis-Baruge descubrió que ciertas figuras del techo, principalmente las que más oprimían los nervios y el corazón por lo horribles y monstruosas, parecían animarse, cobrar vida y movimiento, a la luz de las velas, temblorosa de espanto, y a través de los cristales de colores. Y así, en adelante, apagando la luz eléctrica y encendiendo el candelabro, también se pasaba horas enteras mirando noche tras noche las figuras de esas manchas a través de aquella serie de espejuelos, haciendo temblar la luz de las velas con ayuda de un pequeño ventilador colocado indirectamente para que el candelabro no se apagase.

Éstos eran los pasatiempos preferidos de Sanchis-Baruge: hombre bueno, sano inventor del *tatuaje solar,* cuyo conejillo de Indias —¡y qué clase de conejillo!— era su propia mujer.

Un día el conejillo regresó de la playa con una estrella en la frente, otra en la espalda, y diversos dibujos llamativos en brazos y piernas. ¡Había estrenado el *tatuaje solar!* ¡Y cuán maravilloso sería su efecto de "tercera dimensión", que sólo tocando esas figuras podía comprobarse que no eran de relieve! El propio Sanchis-Baruge se hallaba perplejo, y la pobre Arminda traía los oídos que le echaban chispas de escuchar tantos piropos.

Ese mismo día, por la noche, Celeste la invitó a salir, pues quería presentársela a unas amistades para saber lo que opinaban sobre el *tatuaje solar;* y al volver a casa, muy tarde por cierto, Arminda se había encontrado aquel reloj de oro en la calle, junto a la acera, mientras esperaban el ómnibus. Primero habían sido el collar y los aretes, en dos cines distintos, y ahora, semanas después, en un tercer cine, precisamente el día de su cumpleaños, Arminda Laopé acababa de encontrarse una sortija de brillantes estupenda, grabada con las iniciales A.L.

—¡Qué suerte tiene mi mujer, compadre! ¿Tú sabes lo que es encontrarse esa sortija en el cine, nuevecita, con sus propias iniciales? ¡Qué casualidad! Eso no se da dos veces. ¡Y lo bien que le queda, chico! ¡Ni mandada hacer a la medida! —hubo de comunicar asimismo Sanchis-Baruge al vecino de marras, que nuevamente se encargó de enterar a todo el barrio. Y como las dos amigas siguieron saliendo solas por las noches y regresando tarde, Celeste oía que detrás de las persianas le gritaban: *"¡Celestina!"* Y pensaba: "¿Cómo saben esas viejas mi verdadero nombre?" Pero sólo querían decirle: *"¡Alcahueta!"*

Celeste Grinalde tan pronto daba un salto y escalaba la cumbre más elevada de la exaltación anímica, como daba otro salto y se arrojaba desde allí al abismo de la depresión anímica más profunda. De golpe. Sin aviso. Sin transición. Y no era alpinista ni buzo: era, dicho simple y llanamente, una neurótica. La incertidumbre de su personalidad proyectaba la sombra de lo imprevisible.

Cierta vez, a medianoche, regresó Arminda, sola, pues Celeste, hallándose en un estado de horrible depresión, había preferido no acompañarla para acostarse temprano; y cuando Arminda encendió la luz de la sala y miró instintivamente hacia el techo, vio con asombro y admiración que varias de aquellas manchas aparecían hermosamente coloreadas de *rojo vivo.* Algo en verdad increíblemente bello y fuera de serie, aunque siniestro. Subió al cuarto de la azotea. Halló la luz encendida. Y halló a Celeste apagada: ¡se había suicidado cortándose las venas en la ducha, y toda la sangre de su cuerpo pálido se había ido por el tragante llevándose la vida de la muerta al techo de la sala! Buena prueba de cómo de una causa tan real y fúnebre puede surgir un efecto tan fantástico y vívido.

"Perdóname todo el mal que, sin tú ni nadie saberlo, traté de hacerte en vano por envidia" —decíale Celeste a Arminda en carta póstuma—. "Quise que se pusiera en duda tu buena reputación, y todos tus hallazgos fueron obra mía: el collar, los aretes, el reloj, la sortija de brillantes con tus iniciales. Yo misma los coloqué cerca de ti, sin que te dieras cuenta, para hacerte creer que te los habías encontrado casualmente y se los enseñaras a tu marido con esa inocencia que te caracteriza y que Dios te conserve. Sé que Dios no puede perdonarme, pero tú tal vez sí."

Muy temprano en la mañana, sin mucho aparato, mientras los vecinos lo ignoraban aún todo, nuevos personajes se llevaron el cadáver de Celeste. Iba entre uniformes enteramente azules unos y enteramente blancos otros.

Desde una azotea, bajo un cielo intensamente azul de nubes intensamente blancas, un muchacho empinaba un papalote inmenso, gigantesco, de bellísimos colores robados al espectro solar, pero cuyo rojo no era tan vívido, tan subido como el del techo de la sala.

11 de junio de 1986

LA ÚLTIMA BUFONADA

Bartolillo era enano, cabezón y contrahecho, hijo de unos cómicos de la legua y de la lengua, unos cómicos de mala suerte y de mala muerte, tanto que había quedado huérfano de padre y madre siendo niño, sin más familia. Entonces lo había recogido Grisette, joven viuda, muy rica y agraciada, pero de constitución débil y enfermiza. Bartolillo siempre estuvo enamorado de Grisette, desde que ella lo recogió, y ahora estaba celoso. Aunque ya era hombre, seguía teniendo mente y corazón de niño. Alegraba la casa con su sola presencia ridícula, y, sin saberlo ni sospecharlo siquiera, se había convertido en bufón. No, no se había convertido: lo era por naturaleza. Cuando el tedio de la vida y el horror de la muerte exageraban el color amarillo de los cortinajes y de las alfombras de terciopelo, Grisette y su pretendiente Raimundo llamaban con una campanilla al pobre Bartolillo para divertirse un poco.

Raimundo era muy alto, de cabeza pequeña y voz de tiple. Todo lo contrario de Bartolillo: enano, cabezón y con voz de bajo. Él y Raimundo se odiaban; y cada vez que discutían al unísono, sus voces formaban un dúo grotesco y sus figuras una pareja tan grotesca como sus voces. Y no menos grotesca era la pareja que formaban Grisette y Raimundo: ella menuda, delgada, débil, fina y enfermiza, y él un gigante grueso y grosero.

La casa tenía un salón y un escenario en los cuales la dueña solía ofrecer a sus amistades representaciones artísticas con la participación de cantantes, músicos y actores. Esta vez Grisette y Raimundo también participarían en la función interpretando un "libreto cómico relámpago" cuyo autor, por encargo de ellos mismos, era el propio Bartolillo, a quien habían dado libertad para elegir el tema, que, por cierto, les gustó muchísimo, precisamente por lo forzado y falto de verdadera gracia, es decir, por ser una pesadez, una solemne tontería.

Los primeros ensayos se hicieron en secreto, pues deseaban sorprenderlos a todos, sin excepción, ocultando incluso que iban a actuar.

Los personajes eran algo así como caricaturas de Romeo y Julieta o Pierrot y Colombina.
Él, montado en un caballito de madera, comienza diciendo:

> *A la luz de la Luna,*
> *como el gato a la gata,*
> *te cantaré, te cantaré...*
> *una...*
> *serenata.*

Rasguea una guitarrita de juguete. Su amada se asoma al balcón. Él trata de cantar, pero se le va un gallo, deja la guitarrita y dice:

> *Si asomada al balcón exclamas: "¡Vete!",*
> *yo caso no te haré:*
> *te cantaré, te cantaré...*
> *con esta guitarrita de juguete.*

Rasguea otra vez la guitarrita, se le va otro gallo, deja la guitarrita y dice:

> *Si después de escucharme exclamas: "¡Vete!",*
> *yo caso no te haré:*
> *te raptaré, te montaré...*
> *en este caballito de juguete.*

Se baja del caballo de madera. Y, puesto en pie, es tan alto que no necesita subir al balcón. La carga en brazos y la monta a la fuerza en el rocín. Entonces aparece en escena Bartolillo, vestido de rojo y con cascabeles. Hace unas piruetas, le da al raptor una pistolita de fulminante, y el raptor dice:

> *Si después de raptarte exclamas: "¡Vete!",*
> *yo caso no te haré:*
> *te mataré, te mataré...*
> *con esta pistolita de juguete.*

Le dispara una y otra vez con la pistolita, cuyas detonaciones son tan fuertes que los asustan a ellos mismos y los hacen reír durante los ensayos, tal como debían asustar y hacer reír al público durante la función.

El ensayo general también se llevó a cabo en secreto. Y entonces, cuando el cómico le disparó con la pistolita, no tuvo tiempo de reír, pero sí de asustarse: la cómica rodó por el suelo, ensangrentada y muerta de verdad. Eran las doce en punto de la noche. La sangre se extendió rápidamente salpicando de un rojo grotesco los cortinajes amarillos y formando extraños arabescos de púrpura en las amarillas alfombras.

Raimundo terminó sus días en la cárcel, y Bartolillo terminó sus noches en el manicomio. Había hecho desaparecer la pistola de juguete, que sustituyó por la otra, y negó haber escrito ningún libreto y haber participado en ningún ensayo. ¿Dónde estaban las pruebas? Todo eso era invención de Raimundo, que mató a Grisette durante una discusión cuando ella se resistió a satisfacer una vez más sus exigencias de dinero. Y colorín colorado. La primera victoria de Bartolillo fue también la última bufonada.

13 de junio de 1986

EL RASCATRIPAS

*En la música de tu violín
reconozco las tripas de mi carnero.*

(Proverbio turco)

Un sepulturero, un violinista y un "acróbata-contorsionista-equilibrista" son personajes tan poco afines que cuesta trabajo pensar que pudiera existir entre ellos alguna relación, algún vínculo, algún tipo de nexo que los hiciera participar en una trama común, o dicho con otras palabras, que los hiciera figurar como protagonistas en esta historia cierta y terrible que voy a referir.

Sucedió no hace muchos años, a un discípulo de Jascha Heifetz. Sin ser tan grande ni tan célebre como su maestro, era notable y bastante conocido, y aspiraba a ser un nuevo Paganini. Pero de Paganini sólo tenía el nombre, porque se llamaba Nicolás: Nicolás Francolino, natural de Chile. ¿Lo recuerdan?

Un día recibió la visita de un admirador, un desconocido que se presentó como sepulturero de oficio y violinista de afición, y que deseaba tocar en presencia de Francolino para preguntarle después lo que opinaba sobre su ejecución.

—¿Su ejecución? —le respondió Francolino cuando el sepulturero terminó de tocar y le hizo la pregunta—. Le diré lo que opino sobre su ejecución. Usted ejecuta como verdugo la música que entierra como sepulturero. Amigo, usted no es más que un vulgar rascatripas. ¡Hombre, por Dios! ¡Dedíquese a otra cosa!

—Ya me dediqué a otra cosa —repuso humildemente el visitante—. Le repito que soy sepulturero. Sólo quería...

—¡Largo de aquí! —exclamó Francolino, que no le dejó concluir la frase.

El infeliz hombre, sin decir palabra, guardó el violín en el estuche, que por cierto parecía un ataúd no tanto por ser negro como por afinidad con el oficio de Dimas, que así se llamaba el sepulturero, y ya que no podía irse con su música, se fue con su silencio a otra parte, pero lleno de rencor. Y esa parte no era otra que el cementerio, donde no sólo trabajaba, como ya se ha dicho, sino donde también tenía su vivienda.

"*¡Rascatripas!*" La palabrita siguió zumbando en sus oídos día y noche. Significaba, según el diccionario que consultó Dimas, "persona que con poca habilidad toca el violín u otros instrumentos de arco", y venía, sin duda, de *rascar* y *tripas,* por ser las cuerdas de estos instrumentos hilos hechos con tiras retorcidas de tripas de carnero.

Tulio, hijo único de Francolino, era "acróbata-contorsionista-equilibrista" del *Circo Estrella,* y "estrella" del circo.

El secreto de su habilidad y de su éxito consistía, según él, en comer diariamente muchas zanahorias para la vista y, sobre todo, mucha, mucha, mucha carne de carnero para las coyunturas. No en balde este animal, decía, es célebre por las vueltas o volteretas que da, y el sebo de carnero, que recomendaba "bien calientico", calentado a baño de María, es magnífico para darse masajes en las coyunturas por las noches antes de acostarse. Total, que Tulio, nacido bajo el signo de Aries, era como hombre un excelente carnero, y, como carnero, un excelente artista de la acrobacia, del contorsionismo y del equilibrismo.

Un buen día, o mejor dicho, un mal día, Tulio se cayó al bajar la escalera de su casa, se fracturó la base del cráneo, murió instantáneamente, y a Dimas le tocó sepultarlo al otro día. Pero el padre de Tulio se hallaba tan abatido que no reconoció al sepulturero.

Cuando, un año después, Francolino reanudó su serie de conciertos magistrales, que había interrumpido a causa de este infausto acontecimiento, sucedió algo que hiela la sangre y crispa los nervios de sólo pensarlo.

El teatro estaba completamente lleno y había muchas personas de pie. ¿Qué tenía Nicolás Francolino esa noche o qué tenía esa noche el violín de Nicolás Francolino? Francolino tocaba mejor que nunca. Mejor que nunca sonaba su violín. ¿Sería el dolor del padre lo que le daba al violín esa voz *casi humana,* o sería *el alma del hijo* la que cantaba en el violín del padre?

Cuando más extasiada hallábase la concurrencia, se rompieron unas cuerdas del violín, otras se aflojaron y desafinaron, y una voz prorrumpió desde el gallinero:

—¡Rascatripas!... ¡Rascatripas!... ¡Rascatripas!... —hasta que Nicolás Francolino decidió no seguir tocando.

Un silencio más que sepulcral se hizo en la sala. Y entonces el que había gritado, que no era otro que Dimas el sepulturero, se puso en pie para decirle a Francolino en voz tan alta que todo el público pudo escuchar perfectamente cada palabra sin perder una:

—¡El verdadero *rascatripas* eres tú, porque *rascas* en tu violín las *tripas* de tu propio hijo, cuyo cadáver yo mismo robé después de haberlo sepultado! ¡Y yo mismo, sí, momentos antes del concierto, entrando en tu camerino cuando tú no estabas, sustituí las cuerdas de tu Stradivarius por esas otras de mi fabricación!

15 de junio de 1986

ESCAPADO DE LA TUMBA

*Porque el temor que me espantaba me ha venido,
Y me ha acontecido lo que yo temía.*

JOB. 3.25 .

Cuando tenemos una pesadilla intensamente *vívida* —intensamente *vivida*— y despertamos sobresaltados, suele aún parecernos que la pesadilla es verdad. Pasan unos instantes, recobramos la conciencia de la vigilia, y nos alegra comprobar que lo acontecido fue sólo un mal sueño. Pero a veces nos cuesta trabajo llegar a esa convicción, y, por unos instantes más, sufrimos lo indecible.

Desde muy joven, fui esclavo de una *pesadilla de repetición*. Durante años, a medianoche o al amanecer —comúnmente a medianoche—, despertaba con el corazón a galope tendido: había matado a un hombre, y trataba de ocultar las huellas del crimen. Nunca supe quién era mi víctima ni qué circunstancias me habían impulsado a cometer el asesinato. Lo que sí estaba muy claro en la pesadilla es que yo era culpable de homicidio con todas las agravantes y ninguna atenuante, y que, en caso de ser descubierto, el peso de la Ley caería sobre mí sin vacilación y sin misericordia.

La pesadilla siguió repitiéndose. A intervalos. Siempre igual. Yo me las ingeniaba de tal modo para borrar todas las huellas, y lo conseguía con tal éxito, que daba gracias a Dios y a todos los ángeles y experimentaba una alegría tan grande como jamás pensé que pudiera existir; pero, de pronto, descubría un error, un pequeño error capaz de derribar todo el edificio de mis precauciones. Ya era tarde, ¡ay!, muy tarde, demasiado tarde para corregirlo, y el repentino descubrimiento de este error era como un latigazo que el demonio me daba con toda su fuerza en el mismo centro del pecho. Despertaba sobresaltado y arrepentido. Era también tarde, ¡ay!, muy tarde, demasiado tarde para el arrepentimiento. El hecho se había consumado y era irreversible. Yo deseaba entonces, con desesperación, que todo eso no fuera más que un mal sueño, pero durante unos segundos continuaba creyendo que era verdad hasta que recobraba totalmente la conciencia de la vigilia.

Un día, sin embargo, la pesadilla se convirtió en realidad, y me vi, de pronto, convertido en verdadero asesino.

Hubiera deseado no haber tenido que matar al viejo contrabandista, y no lo habría hecho por todo el oro del mundo de haberme parecido merecedor de confianza. Ésa es la verdad. *Sí, pero lo había matado.* Intencionalmente. De un golpe. De un solo golpe en la cabeza. Con el puño. Eso también era verdad. Y ahora tenía que irme de allí a toda prisa, a la velocidad del pensamiento, huir, sin dejar huellas. Recogí, pues, todo lo que pudiera delatarme, y salí por la puerta del fondo.

Esa noche dormí plácidamente. Soñé que no había matado al viejo y que habíamos llegado a un acuerdo amistoso y firme. Él me había prometido no hablar a cambio de que yo también le guardara un secreto, y me sentía feliz. Al despertar, la sensación de felicidad se prolongó durante unos segundos hasta que recobré lentamente la conciencia de la vigilia, recordé mi triste y dura situación, y comprendí que el sueño no era verdad: que el viejo estaba muerto, y yo lo había asesinado.

La siguiente noche tuve una horrible pesadilla. El viejo había estado muerto sólo en apariencia. Al cabo de unos días, volvió en sí dentro de la tumba. Dio unos golpes para llamar la atención. Lo sacaron, lo revivieron, y me acusó ante las autoridades. Cuando desperté, me hallaba seguro de que la pesadilla era verdad, hasta que, pasados unos segundos, comprendí que la verdad no era esa pesadilla.

Pero no lo era sólo por el momento, porque a los dos o tres días leí en la prensa una noticia de primera plana: *ESCAPADO DE LA TUMBA.*

Las palabras *horror, terror, miedo, angustia, susto, sorpresa* y *espanto* son pálidas para expresar lo que el alma humana es capaz de sentir en momentos semejantes —lo que mi alma sintió en semejante momento, cuando leí la noticia.

Efectivamente, unos familiares del viejo, al llevarle unas flores a su tumba, escucharon unos ruidos extraños, dieron parte, el viejo fue hallado con vida, salió disparado de allí en busca de oxígeno como un condenado a muerte que se fuga de la cárcel, y, "capturado" luego, fue conducido casi en estado de asfixia al hospital, donde acabaron de revivirlo.

La aparente y prolongada suspensión o desaparición definitiva de los signos vitales, entre ellos el de la respiración, y que no era más que una disminución excesiva temporal, como sucede en la catalep-

sia, al no necesitar consumir tanta cantidad de oxígeno, le había permitido, paradójicamente, sobrevivir dentro de la tumba, y, como decía el periódico, escapar de hecho —porque de hecho había escapado—, con vida, de la propia tumba.
¡No era una pesadilla que parecía realidad! ¡Era una realidad que parecía pesadilla!

Y esa noche mi pesadilla fue mucho más horrible, porque soñé con esa realidad; y mi despertar fue más horrible aún, porque me pareció que esa realidad había sido una pesadilla, pero sólo por unos instantes, hasta que comprendí o recordé que esa pesadilla era realidad, pero ya para siempre, sin que jamás pudiera despertarme de ella, desprenderme de su horror.

Entonces me detuve a reflexionar para ver si me calmaba un poco, porque mi corazón iba otra vez a galope tendido y eso no es bueno para la salud.

El viejo estaba vivo. ¿Qué tenía yo que temer en realidad? No podrían juzgarme por asesinato, y bien sabría yo defenderme diciendo que sólo le había dado un mal golpe durante una acalorada discusión, sin propósito de matarlo. ¿Quién podría probarme lo contrario si el viejo estaba vivo? Me sentí otra vez contento. Pero mi alegría no duró mucho. De pronto recordé el móvil que me había inducido a darle aquel golpe que consideré mortal. Fue para taparle la boca; porque si la mafia *hubiera sabido* la cuarta parte de lo que el viejo *sabía* de mí, hace ya mucho rato que yo no existiría. Y ahora que el viejo estaba vivo, la mafia daría buena cuenta de mí cuando él se lo contara todo.

El corazón quiso estallarme en la boca, entre los dientes, y no hubo manera de volver a situarlo en su lugar, de tranquilizarlo dentro del pecho.

Traté entonces de calmarme otra vez, pensando que todo era una comedia, un simulacro de la policía. El viejo no era el mismo viejo: era un doble, tal vez un hermano gemelo del verdadero. ¡Qué sé yo! Lo cierto es que el verdadero viejo estaba muerto y no podía hablar. ¡Qué bueno!, ¿eh?... ¡Ah! Pero en ese caso... no había caído en la cuenta..., en ese caso, yo era el asesino; y el solo hecho de que la policía hubiera montado semejante simulacro, indicaba sus sospechas de que detrás del asesinado, del asesinato y del asesino, había una red mucho más importante que descubrir. ¡Y como yo estaba involucrado en esa red...!

¡Dios mío! En mi mente había dos caminos, y los dos conducían a la misma confusión, al mismo laberinto sin salida:

Si el viejo estaba vivo, la mafia me mataría cuando él hablara con ella. Si estaba muerto, el verdugo me mataría cuando la policía me descubriera. Si estaba vivo, no me acusaría ante las autoridades, porque me cogerían preso y la mafia no podría matarme mientras tanto. Si estaba vivo, en suma, la policía no vendría a buscarme *nunca*. Y si estaba muerto, la policía, que ya sospechaba, vendría a buscarme *en seguida,* para llevarme ante el doble del viejo con el propósito de que me "identificara", y obligarme a confesar, creyendo que el verdadero viejo estaba vivo y que por eso mi pena sería mucho menor, que fui yo quien le había dado aquel golpe. Así, me condenarían a muerte por asesinato; y por el hilo de mi confesión se sacaría el ovillo que a la policía le interesaba mucho más que mi captura y que el crimen en sí.

El viejo estaba vivo: he ahí una cara de la moneda, o el viejo estaba muerto: he ahí la otra. Y viceversa. Pero... ¿y en medio?

Todo el mundo menciona las dos caras de la moneda. Nadie habla del canto. Y en el canto es donde está lo más importante.

Mientras confrontaba, mientras sopesaba el pro y el contra de la cuestión, de pronto, sentí llamar con fuertes golpes a mi puerta. Era la policía, pensé, sin duda, y mis nervios no estaban preparados, no estaban hechos para recibir un impacto como ése —me refiero a ver el espectáculo del viejo escapado de la tumba—, aunque sólo fuera un ardid, un simulacro burdo. Esto sería más horrible que cualquier solución imaginada o por imaginar. Para evitarlo, viendo por la mirilla que era, efectivamente, la policía, abrí la puerta, y, de improviso, sin dejar de hablar un momento ni dejar que las autoridades hablaran, me confesé culpable de haberle dado aquel golpe al viejo. Sí, me confesé culpable, con una sola condición que los policías aceptaron moviendo afirmativamente la cabeza, pues yo seguía sin dejarlos hablar. La condición era, como podrá suponerse, que no me llevaran delante del viejo, ya fuere su doble o él mismo.

Cuando terminé de hablar como un orate, los policías se miraron unos a otros con asombro, porque, según supe después, no habían llamado a mi puerta para detenerme, sino para preguntar por un vecino que no se hallaba en su apartamento y a quien sí habían ido a detener por otro motivo que nada tenía que ver conmigo.

Desde entonces me hallo en prisión preventiva. No han querido decirme, ni he podido averiguar, si el viejo vive o está muerto. Y ahora... sólo me queda esperar lo peor, en cualquiera de las dos caras de la moneda, o, tal vez, lo mejor, en el canto. ¿Qué ser humano, en lo más humano y hondo de su ser, no espera también escapar de su destino, de su cárcel... o de su tumba? Sólo hay que esperar, y esperar siempre. Esperar, siempre esperar.

Alguien dijo que "la vida no es un día de fiesta, ni es un día de luto: es, sólo, un día de espera".

20 de junio de 1986

EL TELÉFONO SUENA A MEDIANOCHE

Pendiente de un hilo, prendido con alfileres, en el pico del aura, pegado con saliva de cotorra... son expresiones populares que plasman el sentimiento de inseguridad que tiene, que lleva cada ser humano incrustado en lo más profundo de su alma. *Pendiente de un hilo* hace alusión a la espada de Damocles y revela el símbolo de amenaza perpetua que pende sobre la cabeza de toda la humanidad. *Prendido con alfileres* alude a la inseguridad en términos generales, lo mismo que *pegado con saliva de cotorra*. Y así nos sentimos todos: "pendientes de un hilo", "prendidos con alfileres", "pegados con saliva de cotorra". En cualquier momento podemos despegarnos. En cualquier momento los alfileres pueden desprenderse, soltar su presa. En cualquier momento el pico del aura, del cual dependemos porque pendemos de él, puede también abrirse y soltarnos en el aire, en el vacío, sobre el abismo insondable donde pereceremos al caer.

Cuando el genio popular crea frases, es por algo: no por puro capricho, no sólo para ejercitar la imaginación. Y si esas frases son anónimas, como tienen que serlo, es porque todos debemos considerarnos sus verdaderos autores día a día, porque las *sentimos,* porque las *vivimos.* Negarlo, sería desconocer la naturaleza humana y la función reveladora del lenguaje, cuya tremenda fuerza expansiva suele concentrarse en estas píldoras atómicas: *pendiente de un hilo, prendido con alfileres, en el pico del aura...*

Claro que los usos de estas píldoras son diversos, pero todos relacionados con nosotros mismos. Los usos y las aplicaciones, según los casos. "Pendientes de un hilo" están muchas cosas *nuestras* o que tienen que ver con nosotros: "prendidas con alfileres", "en el pico del aura" o "pegadas con saliva de cotorra". La órbita es amplia, amplísima. El personaje es siempre el mismo: el hombre desolado que quiere, y no podrá nunca, poblar de estrellas su soledad, porque su propio cielo no pasa de ser el cielo raso de una estrecha, estrechísima vivienda. Dígalo, si no, la inmensa ola de suicidios que se levanta en el océano de la sociedad humana. ¿Qué hacer entonces?

Andar o *bailar en la cuerda floja:* he ahí otra de esas frases, que, por cierto, se quedaba en el tintero con muchas otras más. Y el rey de la cuerda floja no es Marcus, el equilibrista del *Circo América.* Es el gato que pasa por el alero peligroso, o el sonámbulo que lo imita. Ninguno de los dos sabe lo que hace. Y por eso lo hace. Porque si uno de los dos se diera cuenta de pronto, en ese mismo instante perdería el equilibrio y se caería, es decir, "se mataría" por haberse "desequilibrado". Aunque es posible que el verdadero rey de la cuerda floja no sea ninguno de los dos, sino el ciudadano humilde, común, inadvertido, el héroe anónimo que anda o baila en ella todos los días y todas las noches: ese que pasa por la calle ahora mismo, que no actúa en el circo ni camina por el alero, porque su propia vida es su alero y su cuerda floja.

Con decir que pendiente de un hilo está el mismo globo terráqueo, donde habitamos; con decir eso solo, no hace falta decir más. ¡Señores!: la Tierra está en el aire. ¿No lo sabían o no quieren recordarlo *ahora?* ¡Pendiente de un hilo que si se rompe...! ¿Para qué decirlo? ¡No hay más que hablar! El descubrimiento de este hilo cambió la fisonomía interior del ser humano al sustituir el concepto de la absoluta seguridad por el de la inseguridad absoluta.

Pero Janius Wilbur vivía pendiente de otro hilo: el hilo telefónico. Esperaba desde hacía mucho tiempo una llamada que no se producía y de la cual pendía o dependía todo.

El teléfono suena a medianoche.

—¿Sí? —contesta Wilbur.

—¡No! —le responden del otro lado. De larga distancia. Como si le respondieran del otro mundo. Sin posibilidad de llegar a un arreglo.

Wilbur siente que algo se despega... que unos alfileres se desprenden... que el pico de un aura se abre... que un hilo cruje a punto de partirse...

Paradójicamente, Janius Wilbur, que siempre *vivió* "pendiente de un hilo", amaneció *muerto... pendiente de una soga.*

¿Moraleja? Más vale a veces pender de un hilo, por débil que sea, que pender de una soga, aunque la soga sea mucho más fuerte. Porque el hilo no es tan débil, ni es tan fuerte la soga.

24 de junio de 1986

EL MISTERIO DE LOS CUADROS PERDIDOS

*Tu ombligo como una taza redonda
Que no le falta bebida.*
SALOMÓN. *Cantar de los cantares. 7.2.*

Si Adán no nació de mujer, ni Eva tampoco, ninguno de los dos podía tener ombligo. Luego es un craso error pintarlos con esta cicatriz: error que puede advertirse, por ejemplo, en el *Adán* y en la *Eva* de Alberto Durero que se conservan en el Museo del Prado, en Madrid. Pero nunca se ha dicho que esos cuadros no son los originales, sino copias, y que el error no es de Durero, sino del copista, quien lo cometió conscientemente procurando satisfacer las exigencias de la época.

Para nadie es un secreto que Alberto Durero (Albrecht Dürer) fue víctima de la explotación de sus contemporáneos. Mientras él ganaba muy poco en Nuremberg, otros ganaban muchísimo haciendo copias de sus obras y vendiéndolas en todo el mundo, principalmente en Venecia, adonde se dirigió el maestro en 1505 a fin de evitarlo y vender allí los originales.

Dos años después, en 1507, pintó el *Adán* y la *Eva* cuyas copias se conservan en el Museo del Prado. (Hay pruebas de que, por lo menos en estas dos obras, representó sin cicatriz umbilical a nuestros primeros padres porque así se lo sugirió Martín Lutero, de quien era amigo.) Y un año después, en 1508, Miguel Ángel comenzó los trabajos de la Capilla Sixtina. Conociendo las obras mencionadas, tuvo inicialmente el propósito de representar en sus frescos, también sin ombligo, a Adán y Eva. Pero, no se sabe por qué, desistió de este propósito, como pudo verse en la inauguración oficial de las obras de la Capilla Sixtina cuatro años más tarde, el 3 de octubre de 1512.

A la muerte de Durero, en 1528, su *Adán* y su *Eva* pasaron a manos de un pintor anónimo con el encargo de que les añadiera sendos ombligos. Pero el pintor retuvo para sí los originales intactos, en secreto, y sólo entregó las copias que de ellos hizo con cicatriz umbilical, diciendo que eran los originales, a los que había añadido la cicatriz que antes les faltaba.

Estos originales, según publicó la prensa, fueron hallados en Madrid hace poco, providencialmente, por Lucas Moreno, aficionado en la juventud a la pintura y que en la madurez había renunciado a ella después de distintos fracasos.

Nadie lo recordaba ya como pintor; pero Lucas Moreno habría llegado a ser un maestro del desnudo —su especialidad y única forma de expresión— si hubiera superado su absoluta y manifiesta incapacidad para pintar ombligos. Todos sus desnudos eran sublimes. Todos sus desnudos tenían un detalle ridículo, grotesco, que él no lograba sublimar: el ombligo, que debe ser el toque de gracia de cualquier desnudo y la gracia y piedra de toque de cualquier pintor, era la desgracia de este pintor y lo que desgraciaba sus desnudos por hermosos que fueran; a tal extremo, que el público y la crítica sólo se fijaban en este detalle ridículo que les impedía ver lo sublime del conjunto.

Lucas Moreno quedó traumatizado el resto de su vida. No sólo habían negado parcialmente el arte de sus desnudos, sino que habían afirmado totalmente la desnudez de su arte. Y si lo primero sólo era parcialmente justo, lo segundo era totalmente falso.

No pudiera decirse que la noticia del hallazgo de los cuadros perdidos se propagó como un reguero de pólvora, porque no hubo tiempo para tanto espacio ni había espacio para tan poco tiempo, sino que estalló como una bomba, súbitamente, cuando los peritos testificaron la autenticidad de los originales. ¡Sí! Los cuadros eran indiscutiblemente auténticos. Nadie en el mundo hubiera podido falsificar esas obras de arte, imitar su estilo incomparable y único. Y en cuanto a Lucas... ¡ese pintorzuelo mediocre!..., se hallaba libre de toda sospecha. Pero Lucas no pensaba vender esos cuadros ni cederlos a ningún museo, aunque fuera temporalmente. Deseaba conservarlos siempre en casa para gozarse en la contemplación y posesión de esas joyas de la pintura. Y para dar oficialmente la noticia y celebrar, también oficialmente, el acontecimiento, invitó a críticos, peritos, periodistas, pintores y amigos de la pintura, y al público en general, que acudieron puntualmente la fecha y hora señaladas.

Lucas vivía rodeado de antigüedades polvorientas, menos antiguas que el polvo que las cubría, y de telarañas mentales, que son las verdaderas telarañas, en una especie de castillo más triste que solitario y más misterioso que triste. Figuras grotescas en los raídos tapices de las paredes dieron la bienvenida a los visitantes, en tanto que parecían burlarse de ellos con muecas diabólicas. Confusos arabescos en los raídos forros de los muebles asumieron la forma del Destino.

El resto ya lo saben ustedes por haberlo leído en los periódicos, o lo conocen de oídas.

Allí, ante los cuadros ya famosos, Lucas y los invitados alzaron sus copas. Pero sólo Lucas sabía, y así lo dejó consignado por escrito, que esos cuadros eran copias hechas por él y no los originales de Durero: copias de los cuadros que están en el Museo del Prado, y en las cuales había suprimido la cicatriz umbilical.

Y todos, Lucas el pintor y los invitados, habiendo alzado sus copas, brindaron y bebieron. Y Lucas el pintor se había vuelto loco. Y el vino estaba envenenado. Y Lucas el pintor, que había sido el último en reír, fue también el último en morir, riendo... ¡riendo hasta ver su obra consumada!

28 de junio de 1986

LOS BRAZOS DE VENUS

Después de la guerra, en 1945, Pierre LeRouge se sentía mucho peor de los nervios. Era un psicópata que había estudiado medicina en su juventud —carrera que no terminó a causa de su evidente trastorno mental— y que ahora se había convertido en escultor. Una idea fija lo dominaba: esculpir unos brazos para ponérselos a la Venus de Milo. Pero si a la Venus de Milo le faltaban los brazos, a él le faltaban condiciones para esculpir unos brazos que fueran dignos de la Venus de Milo. Cada nueva tentativa era una nueva frustración; y cada nueva frustración era un nuevo ataque de furia.

Hallándose muy deprimido a raíz de uno de estos fracasos, en el cabaret *Lucifer,* de París, un cabaretucho de mala muerte, trabó amistad con una corista llamada Venus, que allí actuaba en el *show* de medianoche: una belleza escultural, cuyas medidas —al menos a simple vista— casi estaba seguro de que concordaban con las de su homónima de Milo. Para verificarlo, el escultor la invitó a su estudio rogándole que guardara la mayor reserva sobre esta invitación; y al comparar las medidas de la Venus de carne y hueso con las de la Venus de mármol, comprobó que eran idénticas. Algo increíble, asombroso y único. No había otro caso igual —ni podía haberlo— en todo el planeta.

La Venus del cabaret no volvió a actuar en el *show* de medianoche. Y a medianoche, en el cabaret, durante el *show,* su ausencia, más que ausencia, era una sensación de escalofrío, inexplicable, al parecer, hasta que fue explicada, hasta que la policía encontró su cuerpo en el estudio del escultor.

El cadáver semidesnudo, *al cual le faltaban los brazos,* estaba rígido, de pie, sujeto sobre un pedestal, como una estatua, en la misma posición de la Venus de Milo. El escultor lo había embalsamado y le había dado un baño de cera.

El director del Museo del Louvre acababa de recibir un paquete postal certificado.

El paquete contenía dos brazos de mujer, con una etiqueta y una nota. La etiqueta decía: "Éstos son los brazos que le faltan a la Venus de Milo." Y la nota: "¡Póngaselos inmediatamente!"

29 de junio de 1986

LA MASCARADA HORRENDA

La Asociación de Amigos del Misterio, de la cual era yo miembro fundador, necesitaba un local adecuado, no sólo porque el que tenía en el centro de la ciudad resultaba ya pequeño para el crecido número de socios, sino porque el aspecto general del edificio no estaba a tono con las características y los fines de la Asociación en sí. Vivía yo entonces, solo, enteramente aislado, sin vecinos, en una modesta casita recién alquilada, en el kilómetro 14 de la Carretera de Cantarrana. Un kilómetro antes, en el kilómetro 13, se hallaba una enorme casa de recreo, *Villa Rebeca,* deshabitada y en el más completo estado de abandono desde hacía muchos años. Sus últimos propietarios y moradores habían muerto en Francia, en un accidente automovilístico, y sus herederos no querían saber nada de ella porque, según se decía, una maldición pesaba sobre la villa, en la que, a medianoche, se veían los fantasmas de aquéllos: razón por la cual no habían podido alquilarla ni venderla.

"He aquí —pensé— la sede ideal para la Asociación de Amigos del Misterio."

—Lo sería —me respondieron los colegas principales cuando se lo dije— si no quedara en un lugar tan distante.

Como las opiniones se hallaban divididas, decidimos someter el asunto a votación secreta. Pero acordamos ir, primero, a la villa. Y en el autobús de la Asociación, reservado exclusivamente para nuestras excursiones, allá se dirigieron al otro día unos veinticinco o treinta miembros. Yo estaba esperándolos a la entrada, pues —como ya he dicho— vivía cerca. Me acompañaba un antiguo empleado de los herederos.

Era muy de mañana, y la región muy fría, solitaria y neblinosa. En un desvío de la carretera, por un camino polvoriento y pedregoso, llegábase a la verja de hierro, imponente, alta y oxidada, donde nos reunimos. Coronando la verja, unas letras, también de hierro, pero ya no muy derechas que digamos, formaban las palabras *VILLA REBECA.* Al rechinar las bisagras, un indefinible malestar oprimió mi pecho como si esas bisagras se movieran dentro de mí. Pasamos, seguimos por el mismo camino hasta la puerta principal, y el empleado nos mostró la casa.

Los muebles eran sombríamente regios; los cortinajes, regiamente sombríos; las telarañas, como los cortinajes; las alfombras, como hechas de silencio: pero de ese otro silencio de las casas donde parece que va a oírse un grito y el grito no se escucha. Había una escalera de caracol, y una torre con una biblioteca. Y había profusión de candelabros, un gran órgano y un gran espejo en la sala. En el espejo se reflejaba una rosa del jardín. Para cortarla, me acerqué al espejo; y allí, en el mismo espejo, la corté.

Después salimos al jardín. Allí estaba la misma rosa, intacta. Y al ir a cortarla otra vez, no pude: mi mano tropezó con un espejo. Esto perfeccionó la rosa, perfeccionó mi mano, y me permitió vencer al Destino.

El empleado nos llevó más allá, mucho más allá. Caminamos... caminamos...

Durante el recorrido, una de las socias se asustó al pasar junto a una rana verde jade que se hallaba en el brocal de un pozo. Pero nuestro guía le informó que la rana verde jade era de jade verde: un simple adorno. Entonces toqué la rana verde jade de jade verde. La rana quedó en su sitio, y yo quedé convencido. Más adelante pasé junto a un sapo verde jade que se hallaba en el brocal de otro pozo. Pero cuando fui a tocarlo, el sapo dio un salto y salió huyendo: no era de jade verde. Todo esto se debía a la magia gris de la piedra pómez, porque el brocal de cada pozo estaba hecho de esta piedra y de esta magia.

En el centro de una fuente había una estatua con un reloj de agua en la mano izquierda y un reloj de arena en la derecha. En el pedestal leímos esta inscripción:

Hasta la última gota de sangre de mis venas
y hasta el último grano de arena del reloj de mi vida.

Luego almorzamos en un quiosco, a la orilla de un lago, y allí nos pusimos de acuerdo con el representante de los herederos para pasar una noche en *Villa Rebeca*. Estábamos en tiempo de carnaval e iríamos disfrazados de fantasmas como una prueba de valor y un reto a lo desconocido, según lo mandan nuestros estatutos.

—Recuerden que no hay luz eléctrica por el momento —nos advirtió el empleado.

—No hace falta. ¡Mejor! —dijo nuestro presidente—. Nos alumbramos con velas. ¿No hay bastantes?

—¡Bastantes y sobrantes! —repuso aquél sonriendo.

* * * * * * *

La noche escogida para la mascarada era la del próximo sábado; y la hora, las doce en punto.

Según lo convenido, llegué media hora antes para preparar las condiciones y esperarlos. Mi reloj marcaba, exactamente, las once y treinta minutos.

Al encender la primera vela, me sorprendió verlos a todos allí. En vez de esperarlos yo a ellos con las luces encendidas, ellos habían estado esperándome a oscuras. Y si me extrañó esa falta de puntualidad, insólita entre nosotros, mucho más me extrañó no haber visto el autobús.

—Pero... ¿cómo pudieron entrar? —les pregunté.

—No te preocupes... No te preocupes... El caso es que estamos aquí, ¿verdad? —me respondió el presidente, a quien reconocí por la voz, ya que su atuendo me hubiera impedido saber que era él.

Estaba disfrazado de fantasma. Su máscara representaba una calavera, y su mortaja blanca tenía manchas de sangre. Todos, hombres y mujeres, ostentaban el mismo disfraz: idénticas máscaras, mortajas y manchas. Sólo yo no tenía manchas de sangre en mi mortaja. Simplemente no se me ocurrió ponérselas y a ellos sí. Tal vez por eso mi máscara, que también representaba una calavera, no ofrecía un aspecto tan horrible.

Encendí, pues, los candelabros, y, a las doce en punto, uno de aquellos fantasmas se sentó al órgano y tocó una marcha fúnebre para dar comienzo a la mascarada que hoy, *y sólo hoy,* puedo calificar de *horrenda.*

Bailamos... bebimos... y seguimos bailando y bebiendo hasta las primeras luces del alba... hasta que alguien llamó a la puerta para interrumpir la orgía.

Era una vieja vestida de negro, calva y sin careta. Traía una guadaña. Le faltaban la nariz y los labios.

—¡Qué bien caracterizada está! —me dije—. Pero... ¿quién puede ser?

Mirándolos a todos —uno por uno—, a todos, menos a mí, la vieja sólo pronunció y repitió estas palabras una y otra vez:

—*Hasta la última gota de sangre de tus venas y hasta el último grano de arena del reloj de tu vida.*

Entonces los llamó por sus nombres y se fueron con ella, sin despedirse, chorreando sangre.

Momentos después, en mi casa, escuché por radio esta noticia:

"Anoche, exactamente a las once y treinta minutos según testigos oculares, un autobús, donde viajaban, disfrazados, miembros de la Asociación de Amigos del Misterio, se volcó en la Carretera de Cantarrana. Todos los ocupantes del vehículo, que iba con exceso de velocidad, murieron en el acto."

10 de julio de 1986

UN MINUTO DE SILENCIO

La campanilla sonaba intermitentemente, y el que la tocaba decía:
—¡Señores, por favor: un minuto de silencio!
Pero los señores seguían hablando como si la campanilla no existiera, como si el director de la sociedad secreta no hubiera dicho nada.
—¡Un minuto de silencio por el alma de nuestro hermano!
—Para guardar un minuto de silencio por el alma de nuestro hermano —respondió uno de los neófitos—, tenemos que saber, primero, qué cosa es un minuto, qué cosa es el silencio, qué cosa es el alma humana.
—Un minuto —explicó el director— es el estuche donde cabe toda la eternidad. El silencio es el estuche donde cabe todo el sonido. Y el alma humana, ya lo dijo el Maestro Pitágoras, "el alma humana es un número".
—Sí, pero un número romano, o sea una letra —dijo uno de los maestros—. El alma humana —recalcó—, el alma humana es una letra. Recordemos que las letras de los números romanos son siete y que el siete es número de perfección. Sólo por eso decimos que "el alma humana es un número"... de perfección. Y por eso aquí estudiamos, fundamentalmente, Letras y Matemáticas para llegar al *Súmmum del Conocimiento,* respetando la superior jerarquía de las Letras.
—De suerte —añadió el director— que todo el tiempo cabe en la eternidad, toda la eternidad cabe en un minuto, y todo el sonido cabe en el silencio, como todas las palomas en el sombrero del mago, todo el ser en la nada, todas las jugadas en los dados, todos los dados del mundo en un solo cubilete, toda la espada en la vaina, o en la boca del tragaespadas del circo.
—¿Entonces...?... —preguntó otro de los neófitos.
—Si un minuto es el estuche donde cabe toda la eternidad, y el silencio es el estuche donde cabe todo el sonido —dijo otro de los maestros—, *entonces* un minuto de silencio es el estuche donde caben todo el sonido y toda la eternidad.

—Y... ¿dónde guardamos ese estuche, ese minuto de silencio? —preguntó el más neófito de los presentes. No hubo respuesta. Todos callaron. Y, puestos en pie, comenzaron a guardar el minuto de silencio tantas veces suplicado.

En ese momento, un horrible accidente, una horrible explosión de gas, voló el local de la sociedad secreta.

Hoy hace siete años que sus ocupantes están guardando *un minuto de silencio.*

13 de julio de 1986

LA TRANCA

Sus padres, a quienes él quería entrañablemente, con delirio, eran ya muy ancianos y no tenían fuerzas para traer la enorme y pesada tranca desde el último cuarto de la casa y asegurar con ella la puerta de la calle.

Durante años, la tranca había estado guardada en aquel cuarto de desahogo, por no considerarse necesaria; pero esa noche, alrededor de las doce, los ancianos percibieron unos ruidos extraños, como si estuvieran tratando de abrir la puerta, y fueron a despertar a su hijo.

Los tres vivían solos en el viejo caserón, sin otra compañía que un mono. Éste, que era muy manso, siempre andaba suelto por toda la casa, y únicamente se encolerizaba cuando suponía que alguien, aunque fuera jugando, intentaba hacerles daño a los viejos.

El hijo de éstos fue en busca de la tranca. La cargó en uno de sus hombros, y, sujetándola entre las manos, se encaminó hacia la puerta. La tranca sobresalía más de un metro a sus espaldas. Detrás de él, a la izquierda, iba su madre. Su padre, también detrás de él, iba a la derecha.

Al pasar por el comedor, la anciana vio de pronto una cáscara de plátano en el suelo, y, temiendo que su hijo resbalara, le gritó:

—¡Cuidado!

Éste, nervioso, dijo:

—¿Eh? ¿Qué?

Se volvió bruscamente hacia la izquierda, donde estaba su madre, para preguntarle lo que sucedía, y, sin querer, le dio un trancazo en la cabeza a su padre, que estaba a la derecha.

Al oír el grito del anciano, se volvió bruscamente hacia la derecha para ver lo que sucedía, y, sin querer, le dio un trancazo en la cabeza a su madre, que estaba a la izquierda.

Los dos cayeron muertos, horriblemente ensangrentados.

Temiendo la reacción del mono cuando éste lo supiera, soltó la tranca y decidió escapar a todo trance.

Olvidándose de los ladrones, abrió la puerta de la calle sin pensarlo dos veces, sin pensarlo una sola vez. Allí estaba el mono, que se había quedado afuera y quería entrar, y así quedó aclarado el misterio de los ruidos.

El mono, encolerizado al ver los cadáveres de los ancianos, cogió la tranca y mató de un solo trancazo en la cabeza al supuesto asesino.

Una *buena tranca* no siempre es una *buena protección*... en manos de un hombre. Y mucho menos en manos de un mono.

30 de julio de 1986

LA FLECHA

La escena más aplaudida de la versión moderna de *Guillermo Tell,* en el teatro, era aquella en que el personaje principal atravesaba de un flechazo la manzana puesta en la cabeza de su hijo, que en la vida real era la mujer del Actor. A instancias del público, que los ovacionaba, el Actor y la Actriz repetían la escena una y otra vez, en tanto que los demás actores y actrices los envidiaban. Pero la escena, considerada aisladamente, era mucho más importante que la obra, considerada en conjunto, y, sobrepasando los estrechos límites del teatro, reclamaba la grandiosidad del circo. El Actor y la Actriz habían dejado el circo por el teatro, y ahora, convencidos de ello, dejaron el teatro por el circo. Así, pues, la escena de teatro se convirtió en número de circo; el mejor número de su repertorio de circo era el que habían aprendido en el teatro, y el público dejó de ir al teatro para ir al circo.

El Jefe de Pista, que estaba enamorado de la Actriz, le daba clases de filosofía. Él, que comenzó graduándose en Filosofía y Letras, terminó ganándose la vida en el circo; y ella, que comenzó ganándose la vida en el circo, no pudo terminar esa carrera. Pero los mejores filósofos son aquellos que representan la vida en el circo, y el mejor circo es aquel que presenta la vida de los filósofos.

Separada, pues, de la obra de teatro, y llevada al circo, la escena de la flecha y la manzana era algo así como una entelequia, como una abstracción filosófica; y la noción de la flecha en sí misma, en su pura esencia, era algo así como una abstracción dentro de otra: algo indefinido que tenía mucho que ver con la banda de música del propio circo, y, sobre todo, con la magia de su desafinación. Para precisarlo, el Jefe de Pista recordó a Zenón de Elea y le dijo a la Actriz en una de las clases:

—La flecha que surca el aire está inmóvil, porque "no se mueve ni en el espacio donde se encuentra, ni en aquel donde no se encuentra". La flecha, en efecto, al ser disparada, recorre una serie de espacios; y si esto es así, tiene que estar en uno de esos espacios en un instante dado de su recorrido, antes de proseguir, y en ese instante permanece inmóvil, porque, o está allí, o no está allí: si está allí, no se mueve porque está; y si no está allí, tampoco se mueve donde esté, porque, donde esté, está, y no se mueve porque está: en ese instante permanece inmóvil, lo cual puede comprobarse fotográficamente, es decir, por medio de una instantánea, y el cine lo demuestra mucho mejor. La flecha está inmóvil en cualquiera de los instantes de su recorrido, en cualquiera de las instantáneas y en cualquiera de los fotogramas, o sea en "cualquiera de las imágenes que se suceden en una película cinematográfica en cuanto se considera aisladamente".

Y como el movimiento no puede ser el resultado de la suma de todos esos instantes de reposo, la inmovilidad de la flecha, de cualquier cosa del universo y hasta del universo mismo, queda demostrada. Pero, entonces, ¿cómo se demuestra lo contrario, cómo se demuestra el movimiento? No por cierto como Antístenes quería ("el movimiento se demuestra andando"). Para explicar, para demostrar el movimiento en general, concretándonos al ejemplo que nos ocupa, habría que suponer —tendría que haber— una serie de mínimos espacios de tiempo en que la flecha no estuviera en ningún punto del espacio: lo cual es absurdo.

—¡Pues no lo es! —exclamó la Actriz, que sustentaba ideas propias al respecto—. Eso no es absurdo: eso explica y demuestra el movimiento de la flecha. Entre los puntos del espacio hay espacios de tiempo tan mínimos como esos puntos. O dicho con otras palabras: Entre los espacios del tiempo hay puntos de espacio tan mínimos como los espacios del propio tiempo. Sólo que los puntos del espacio son visibles, y los espacios de tiempo, que hay entre ellos, son invisibles. La flecha aparece, desaparece y reaparece constantemente durante su recorrido. Aparece en el espacio, en el punto A; desaparece en el tiempo; reaparece en el espacio, en el punto B; desaparece en el tiempo; reaparece en el espacio, en el punto C; desaparece en el tiempo. Es visible en A; es invisible entre A y B; es visible en B; es invisible entre B y C; es visible en C, y así sucesivamente. El movimiento en general, no importa su celeridad o lentitud, consiste en estas apariciones, desapariciones y reapariciones cuya frecuencia no capta el ojo humano, pero sí la cámara fotográfica y la cinematográfica. (Los dibujos animados son recreaciones o reconstrucciones del movimiento basadas en el mismo principio.) Supongamos una serie de fotogramas de un cuerpo en movimiento. Comparémoslos uno por uno. Mientras no haya entre ellos diferencia alguna, mientras sean absolutamente idénticos, el movimiento no se ha efectuado todavía. Cuando la diferencia, por mínima que sea, existe por primera vez, aparece de pronto, sin transición entre el primer fotograma que la presenta y el anterior que no la presentaba. El movimiento se ha efectuado ya, no en el espacio sino en el tiempo, y por eso ni el ojo humano ni las cámaras fabricadas por el hombre pueden captar el instante mismo en que se efectuó. Lo que es válido dicho de los procesos rápidos vistos a cámara lenta, lo es también de los procesos lentos vistos "a cámara rápida". Walt Disney ha filmado el proceso de apertura del botón de una flor, y en la pantalla lo vemos abrirse. Ha filmado el *proceso* de apertura, no el *momento mismo* de *la* apertura. El proceso se ve mediante la sucesión de las imágenes, pero el *momento en sí* no aparece ni puede aparecer en *ningún* fotograma, es decir, en *ninguna* de esas imágenes individuales. No en vano hay una locución adverbial figurada: *En un invisible,* que significa: *En un momento.* Y entre aquellos dos fotogramas siempre faltará uno: el fotograma perdido, el fotograma del momento fantasma, la imagen imposible del cuerpo en estado de invisibilidad. Así, pues, la flecha que surca el aire está inmóvil en el espacio mientras sólo se mueve en el tiempo.

—¿Nunca se mueve en el espacio? —le preguntó con fingida ingenuidad el Jefe de Pista.

—¡Nunca! —respondió enfáticamente la Actriz, y le dijo estos versos:

> *En cada instante de su recorrido,*
> *la flecha está en un punto del espacio.*
> *Y si en un punto está, se ha detenido:*
> *no se mueve, ni aprisa ni despacio.*

Y añadió esta prosa:
—La flecha de Cupido, la de Zenón de Elea y la de Guillermo Tell, son la misma flecha. Y la flecha está inmóvil en el aire, ya parta del arco de Guillermo Tell hacia la manzana puesta en la cabeza de su hijo, ya parta del arco del hijo de Venus hacia el corazón de los que se enamoran.

—¿Incluyendo el corazón de usted y el mío? —le preguntó el Jefe de Pista.

El Actor, que estaba escondido prestando atención a este diálogo para divertirse con todos esos filosofismos, con todas esas sofisterías, empezó a ponerse serio al escuchar esta pregunta, y terminó poniéndose muy serio al no escuchar la respuesta.

—Continuaremos la clase otro día —fue lo único que dijo la Actriz después de un largo silencio, y se marchó.

Esa noche, al apuntar a la manzana puesta en la cabeza de la Actriz, el Actor sintió que le temblaba el pulso. La banda de música del circo desafinaba, y él no pudo afinar la puntería. Dejó el arco y la flecha. Por primera vez suspendió el número, y se comió la manzana. Estaba muy nervioso. Pasó la noche en vela.

Al amanecer, un avión surcaba el aire como una flecha que desde el propio avión parecía casi inmóvil. En él viajaban, rumbo al extranjero, el Actor —a quien ya no le temblaba el pulso— y la Actriz. Eso, allá arriba, muy arriba. Allá abajo, muy abajo, allá lejos, muy lejos del avión, quedaba el Jefe de Pista y filósofo. Estaba en su lecho. Acostado. Inmóvil. No dormía. Y había una flecha. Y la flecha también estaba inmóvil, pero no en el aire, sino clavada en su corazón, que tampoco se movía ya.

Entre sus borradores, aparecieron apuntes para una *Filosofía de la Inmovilidad* y una *Filosofía del Movimiento*.

8 de agosto de 1986

EL INCENDIO DEL CASTILLO DE KRONBORG

William Kronberg, arquitecto retirado, para complacer a su anciana esposa, había hecho una maqueta del Castillo de Kronborg, escenario de la tragedia *Hamlet,* de William Shakespeare.

Ofelia, la esposa del arquitecto, era natural de Elsinore, Dinamarca, y desde niña se sintió atraída, inexplicablemente, por ese castillo, cuya recién terminada maqueta le causó gran alegría, pues no le faltaba un solo detalle.

Por medio de un ingenioso mecanismo, feliz combinación de relojería y óptica, todas las noches, a las doce en punto, aparecía sobre las murallas del castillo el espectro del rey, y una cinta magnetofónica reproducía el diálogo entre el príncipe de Dinamarca y el fantasma de su padre. Algo en verdad sombrío, y tan sombrío como impresionante en sumo grado.

Mas he aquí que, poco después, la esposa del arquitecto enloqueció repentinamente. Creyendo que moriría en un incendio, carbonizada, se mandó hacer un pasador con la figura de una salamandra para que la protegiera del fuego, ya que, según superstición popular, estos batracios pueden vivir entre las llamas: son incombustibles. Un día Ofelia se escapó; y al darse cuenta de que se le había olvidado ponerse en el pecho este adorno, se arrojó, dando gritos, al agua de un riachuelo cercano, "para no quemarse", decía, y allí murió, ahogada, como la Ofelia de la tragedia de Shakespeare.

El arquitecto, contemplando la maqueta durante largas horas, diariamente, recordaba a la difunta.

Una noche, después de las doce, escuchó unos ruiditos dentro de dicha maqueta y vio asomarse, a una de las ventanas del castillo, algo que desapareció en seguida. No pudo precisar lo que era; pero, al repetirse los ruiditos, pensó que se trataba de un ratón o un insecto. Luego escuchó el canto de una mujer; sorprendió a una diminuta doncella cogiendo flores en un jardín del castillo, y dijo entre sí:

—Como en los versos de Bécquer, "la dulce Ofelia, la razón per-

dida,/ cogiendo flores y cantando pasa".
El rostro de la diminuta doncella era el de su esposa cuando joven.

El arquitecto temblaba de espanto, no porque lo horrorizase la aparición en sí misma, sino por creer que también se había vuelto loco.

La escena se repitió noche tras noche. William Kronberg pensó decírselo a alguien, pero temía, asimismo, que lo creyeran más loco de lo que él creía estar. La elección recayó en mí, que era su mejor amigo. Y como el mejor amigo es el mejor testigo, no tardé en comprobar, con horror, que mi mejor amigo no estaba loco y que la diminuta doncella existía. Entonces acordamos decírselo a un amigo de ambos, el reverendo Mirrauste, que al principio creyó que delirábamos, pero que al fin pudo comprobar, también con horror, que ni William Kronberg ni yo estábamos locos y que la diminuta doncella era real.

—Es cosa de encantamiento, obra del demonio —dijo, y aconsejó quemar la maqueta.

Sin pérdida de tiempo, entre los tres la llevamos al patio. Le prendimos fuego, y escuchamos desde su interior los gritos de una mujer que pedía auxilio.

El incendio de la maqueta, el incendio del Castillo de Kronborg, duró tanto, tanto como esos gritos, que sólo cesaron con las llamas.

Después, el angustiado arquitecto realizó una labor de búsqueda entre los escombros, en presencia nuestra. No nos atrevimos a ayudarlo.

Y entonces, de entre aquellos escombros humeantes, de entre aquellas cenizas calientes, de entre unos de aquellos rescoldos, salió un pequeño vertebrado de larga cola y piel lisa de color negro intenso con manchas amarillas simétricas. ¡Abriendo desmesurada y amenazadoramente la boca, salió de allí una salamandra dispuesta a saltar sobre nosotros!

12 de agosto de 1986

CONCIERTO MACABRO

Desde muy niño me familiaricé con las pianolas, que nunca faltaban en nuestro hogar, pues mi abuelo, el maestro Casas Romero, fundó la primera fábrica de rollos de pianola que hubo en Cuba. Y a mí me encantaba escuchar —pero, sobre todo, *ver*— aquellos pianos que podían tocarse mecánicamente, que sonaban solos, sin pianistas, cuyas teclas se movían sin dedos que las oprimieran, gracias a esos rollos de papel perforado que al ir pasando accionaban los macillos o martinetes. Una pianola era, para mí, lo más parecido a un piano tocado por un espíritu, según lo concibe la imaginación popular: ¡el piano perfecto para "el pianista invisible"!

Por todo ello escribí hace muchos años este soneto:

El piano estaba solo; y en la sala,
un recuerdo en un búcaro, marchito.
Y el espejo quería dar un grito
que se acallaba en el rumor de un ala.

La sombra de una mano que se iguala
con la cera, la nieve y lo bendito,
pasó como el relámpago de un mito
sobre el teclado y recorrió una escala.

Después, en el silencio de la noche,
me pareció que alguien cerraba un broche;
me pareció que alguien pasaba un puente.

Y no sé si la sombra de esa mano
subió por la escalera de ese piano...
o si se despeñó por la pendiente.

El auge de las pianolas ocurre a la terminación de la Primera Guerra Mundial, en 1918, y proviene, precisamente, de un curioso hecho registrado poco antes. Es bien conocido el caso del pianista norteamericano George Winkel, descendiente del inventor del metrónomo. Habiéndosele notificado que debían amputarle las manos, pidió a un taxidermista, amigo suyo, que las disecara. Cuando cobró el seguro —pues las tenía aseguradas en una elevada suma—, donó a una institución de beneficencia la cantidad recibida y luego siguió dando conciertos con objeto de recaudar fondos para la guerra. Exponía sus manos disecadas encima de una pianola, en una urna, a la vista del público. Se sentaba en la banqueta, y, mientras la pianola se escuchaba, él movía su cuerpo como si sus manos estuvieran tocando el piano —como si sus dedos fueran oprimiendo las teclas. Y lo más impresionante consistía en saber que la ejecución escuchada era la del propio Winkel. Ese método, empleado por Casas Romero, llamábase "Rollo Autógrafo": Winkel mismo, al ejecutar la pieza en un piano preparado especialmente para ello, había perforado el rollo de papel que sirvió de matriz para hacer las copias correspondientes. Y una de esas copias, hecha en Cuba por la mencionada fábrica, era la que estaba escuchándose en ese momento, mientras encima de la pianola se exhibían las manos disecadas del ejecutante y éste permanecía frente a ellas. Probablemente se trataba de una pieza muy famosa en aquella época y que Winkel incluía en todos sus conciertos: la marcha-himno de Luis Casas Romero titulada *Marchemos a Berlín.*

A la muerte de Winkel, sus manos, por voluntad expresa de éste, pasaron a poder de su amigo Maelzel, descendiente de aquel otro Maelzel que patentó el metrónomo inventado por aquel otro Winkel y a quien, erróneamente, se atribuye la invención de esta máquina. Y a la muerte de este otro Maelzel amigo de este otro Winkel, las manos de este otro Winkel fueron donadas por los hijos de este otro Maelzel al Museo de la Asociación de Amigos del Misterio... porque en todo esto, a no dudarlo, algún misterio había y hay.

Cuando el doctor Martín Gala preparó una conferencia con este título: *El misterio de las manos de Winkel,* que debía pronunciar en el salón de actos de dicha Asociación, yo preparé las condiciones necesarias para sorprender al conferenciante y poder estudiar tanto sus reacciones como las de su auditorio, sabiendo que las manos de Winkel estarían expuestas encima del piano de la propia Asociación, en el escenario, durante la conferencia. *Mi plan consistía en sustituir secretamente ese piano por una pianola.*

La pianola moderna, como ustedes saben, en nada se diferencia exteriormente del piano común. Suele funcionar por medio de baterías ocultas. El rollo se ha sustituido por un *tape* que asimismo acciona los macillos o martinetes, y el *tape* suele accionarse por medio de un pequeño control remoto que se puede guardar en un bolsillo.

Como yo estaría sentado en la presidencia, en el escenario, cerca de la pianola y de Martín Gala, y como podía ocultar fácilmente mis manos debajo de la mesa presidencial sin llamar la atención, en un momento dado manejaría desde allí el control remoto cual si el espíritu de Winkel tocara el piano a manera de una pianola o la pianola a manera de un piano. Y el próximo conferenciante sería yo, y en mi conferencia revelaría todo esto exponiendo el resultado de mis investigaciones psicológicas a partir del estudio de la conducta observada.

El dueño de la pianola era muy amigo mío y persona de mucha seriedad, puntualidad y discreción. Daba la casualidad de que su pianola y aquel piano eran exteriormente idénticos, y a mi amigo nadie lo conocía en la Asociación. Una noche nos pusimos de acuerdo para que, el día de la conferencia, de madrugada, él pudiera trasladar allá la pianola, llevarse el piano y dejarla en el lugar de éste. Le di copia de un juego de llaves, y me quedé con el control remoto, pues ya no nos veríamos ni nos hablaríamos por teléfono hasta después del acto para no despertar sospechas: siempre hay alguien que mira... siempre hay alguien que oye. Además, yo tenía que hacer en seguida un viaje inaplazable; regresaría la misma noche de la conferencia, e iría del aeropuerto a la Asociación, sin tiempo que perder.

Y he aquí que la noche de la conferencia llegué al salón a punto de comenzar el acto. Allí estaban las manos disecadas de Winkel, en una urna, a la vista del público, encima del piano que nadie sabía que era una pianola. Y cuando me pareció oportuno, en la forma en que lo había planeado, apreté un botón del control remoto para que la tapa del piano —de la pianola— se abriera. Pero la tapa no se abrió. O el control remoto no funcionaba, o no funcionaba la tapa. Volví a apretar el botón. Y nada. La tapa no se abría. Repetí el intento una y otra vez. La tapa seguía cerrada. Al cabo de un rato, sin que yo hubiera vuelto a oprimir el botón, la tapa comenzó a alzarse sola, sola, lentamente, lentamente, dejando al descubierto, como en una sonrisa de burla, el marfil de las teclas, semejante al marfil de una dentadura dentro de un ataúd, porque el piano era más negro que la noche eterna, y más fúnebre que la del ataúd era su tapa.

El conferenciante, que había visto esto, palideció. Y yo, interiormente, sonreí. Un rumor asombrado extendió su racha fría entre la concurrencia. Y yo seguí sonriendo interiormente.

Entonces apreté otro botón para que la música comenzara. Pero la música no comenzó ni las teclas se movieron. O el control remoto no funcionaba, o no funcionaba la pianola. Volví a oprimir el botón. Y nada. La música no se escuchaba ni las teclas se movían. Repetí el intento una y otra vez. La pianola seguía muda y las teclas inmóviles. Al cabo de un rato, sin que yo hubiera vuelto a oprimir el botón, cuando el conferenciante dijo que iba a revelar "el misterio de las manos de Winkel", cuando iba a revelar ese misterio allí, en presencia de esas manos disecadas, las teclas comenzaron a bajar y subir, la pianola empezó a ejecutar la *Marcha fúnebre,* de Chopin, y acalló la voz del conferenciante, que no hubiera podido seguir hablando, aunque la pianola callara, pues el terror lo había hecho enmudecer. A la *Marcha fúnebre* siguió *Una noche en el Monte Calvo,* de Mussorgski, y el concierto concluyó con la *Danza macabra,* de Saint-Saëns. Entretanto, el público no había podido disimular su terror y yo casi no había podido esconder mi risa, pues ya no me bastaba sonreír. Pero ninguna de las tres obras estaba programada. ¿Por qué? Porque tampoco mi terror —mi terror tardío— estaba programado. Y mi terror vino después, al enterarme de lo sucedido:

El dueño de la pianola se hallaba enfermo del corazón, padecía de presión alta, y en todo momento evitaba las emociones fuertes, como la que experimentó cuando los trabajadores de la agencia de mudanzas que había contratado llamaron a su puerta, de madrugada, pues presentía lo que iba a ocurrir en la noche, durante la conferencia. Y en vano los cargadores siguieron llamando a la puerta de mi amigo, que no se levantó de su asiento para abrirles. Y en vano puse mi confianza en él, en su seriedad, puntualidad y discreción. ¡Mi amigo estaba muerto, y el piano nunca llegó a ser sustituido por su pianola!

2 de diciembre de 1987

GRETCHEN

En la sección más antigua de Hamelín, ciudad ya de por sí antiquísima de Alemania, el tiempo parece haberse detenido en el año de 1284, cuando hizo su aparición en pleno verano el célebre flautista de la leyenda: *El flautista de Hamelín,* que al influjo de su flauta encantada, y previa oferta de buen pago, se llevó tras sí a todas las ratas y ratones que asolaban la población. Por lo que he podido averiguar, fue un tal Hermann Herod, descendiente de Herodes y que odiaba a los niños, quien influyó en alcalde y ediles para que no le pagaran al flautista —como en efecto no le pagaron— los diez mil florines que le habían ofrecido, ni siquiera los mil que les había pedido el propio flautista, sino sólo cincuenta, pues sabía de antemano que éste, en venganza, al influjo de su flauta mágica, también se llevaría tras sí —como en efecto se llevó— a todos los niños de la ciudad. Y Hermann Herod declaró a Hamelín ciudad libre de ratas, ratones... ¡y niños!

Calles, plazas, edificios, costumbres, mantienen intacto el escenario de aquella época. Allí, a orillas del Wéser, conocí a Gretchen, de rubia cabellera —¡oh las crenchas de Gretchen!—, y allí la llevé al altar en el año de 1984. Pero la celebración de nuestro infausto matrimonio coincidió con la aparición de la más devastadora plaga de ratas y ratones que recuerda aquella ciudad en esos setecientos años justamente entonces transcurridos: una verdadera, espantosa y turbulenta invasión de roedores que no se sabe de dónde venían y que iban no se sabe hacia dónde, movidos u orientados no se sabe por qué instinto, qué fuerza misteriosa, qué vibraciones telúricas, como siguiendo una ruta invisible y observando una conducta completamente fuera de la habitual en ellos. Dijérase que habían enloquecido y que sólo la locura los llevaba a realizar cosas inesperadas e increíbles. Y he aquí que la más devastadora plaga de ratas y ratones que recuerda la ciudad de Hamelín, coincidió con la extraña enfermedad y muerte repentina de Gretchen, en plena luna de miel. Y allí, a orillas del Wéser, en el ruinoso cementerio de la sección más antigua de

Hamelín, al rayar la aurora de un riguroso día de verano, condujimos al sepulcro a la joven desposada Gretchen. Y mucho más me dolió tener que hacerlo, porque las ratas sacaban huesos de las fosas y los devoraban a la vista de todos, y pensé que lo mismo profanarían el cadáver de la joven desposada, de rubia cabellera. ¡Oh las crenchas de Gretchen! Y he aquí que, al caer la noche, volvimos al cementerio, sacamos del sepulcro el ataúd de Gretchen y lo condujimos a mi casa; pero, antes, lo abrimos y, a la luz de una lámpara, nos cercioramos de que no había dentro rata alguna. Al removerlo, sin embargo, hallamos un agujero en el suelo donde había estado reposando; y al cargarlo en hombros, advertimos en su parte exterior, por debajo, otro agujero. Habíamos actuado a tiempo. Sin duda, la rata que abrió los dos agujeros huyó sin ser vista, subterráneamente, como vino. Llevamos, pues, el ataúd a mi casa, y lo depositamos, con el cadáver dentro, claro, lejos del diente del roedor, en lugar seguro, hasta que pasara el peligro y pudiéramos volver a darle a Gretchen cristiana sepultura. Entretanto, la joven desposada más parecía una bella durmiente que una difunta bella, pues el color de la vida y una sonrisa apacible alejaban de su rostro la sombra de la muerte y el dolor de la sombra. Y cada segundo el color de sus mejillas era más rosado y vivo, y cada minuto su sonrisa más apacible y acentuada. Y así me sorprendió la medianoche, y con la medianoche me sorprendió el sueño, con el cual luché para no dormirme y poder velar a Gretchen. Y, dormitando, me pareció escuchar una sacudida dentro del ataúd, y después otra, y otra más. ¡Gretchen no estaba muerta! Y ya despierto del todo, acerqué un espejo a sus labios que entreabiertos sonreían, pero el espejo no se empañó; traté de tomarle el pulso, pero el pulso no se dejó tomar. Acerqué entonces mi oído a su pecho, y percibí un débil indicio de vida en su corazón: ¡un indicio débil, sí, pero indicio al fin! La habíamos enterrado viva sin saberlo. Y gracias al peligro de las ratas, la habíamos desenterrado sin morir. No hay mal que por bien no venga, ni bien que no venga por mal. Y cada segundo los indicios de vida de su corazón eran menos débiles, y cada minuto sus golpes más fuertes y su ritmo más acelerado. Y traté de acabar de revivirla por todos los medios a mi alcance; pero el espejo no se empañó cuando volví a acercarlo a sus labios entreabiertos, y el pulso no se dejó tomar cuando volví a intentarlo. Sólo en su pecho... *¡sólo en su pecho!...* había claros indicios de vida. Y allí, en su pecho, desnudo ahora, la carne se movió, se estremeció, se hundió y desapareció de pronto en el lado del corazón, dejando un boquete circular y oscuro por donde salió huyendo una rata asquerosísima: la misma rata que había estado, pacientemente, pacientemente, desde que el ataúd se hallaba en el cementerio, royendo, royendo, royendo, y abriendo un túnel de la espalda al tórax. ¡Y yo, en mi loco afán de evadir la realidad, tan dura, había tomado por los latidos del corazón de Gretchen los ruidos de los dientes del roedor!

13 de diciembre de 1987

EL ESTOQUE DE LIDIA

Nada como el tiempo y la distancia para borrarlo todo, para echar sobre todo la niebla de la nada: nada como el tiempo y la distancia: nada, ¡nada!; pero antes de borrar del todo, el tiempo y la distancia difuminan, y no hay nada más bello que ese humo que esparce los contornos de todas las cosas uniendo mármoles y olvidos y emborronando fechas y recuerdos. Silenciosamente. Porque recordar es como ver una película muda. Y todo esto lo dijo mejor que nadie Ángeles Caíñas Ponzoa cuando escribió en *Los monstruos:*

¡Tiempo! ¡Distancia! ¡Silencio!
Son tres monstruos en la vía
que me acechan con sus garras
para destrozar mi vida.

El tiempo tiene los ojos
grises, fijos, sin cambiantes;
monstruo que domeña el ansia
con su calma imperturbable.

Distancia tiene los ojos
verdes, como la esperanza;
la esperanza de ojos verdes
como la distancia, engaña.

Silencio tiene los ojos
profundos, altivos, negros.
¡Qué miedo tengo! ¡Qué miedo!
¡Tiempo! ¡Distancia! ¡Silencio!

Así se me presenta en la memoria el parque aquel, con sus trozos de niebla flotando en el vacío; pues ¿qué cosa es la niebla de un parque sino mármol esfumado, y qué cosa son los mármoles de un parque sino coágulos de niebla? Y no es posible decir dónde termina el mármol y dónde comienza la niebla, dónde termina la niebla y dónde comienza el mármol.

En la vaguedad y levedad de ese lienzo estamos Yody Fuentes Montalvo, Urbano Gómez Montiel y yo, una noche de luna llena entre nubes de invierno, sentados en un banco. Fuera de esto y de lo que voy a contar ahora, nadie podría decir o precisar tal o más cual cosa; y si alguien viniere a hacerlo, se lo impediríamos para no restar belleza al conjunto. Sí; se lo impediríamos los tres. Perdón: los dos, pues de pronto recuerdo que Yody, él mismo, se borró del paisaje, también de pronto. Pero no: el difunto Yody sigue vivo entre nosotros. La humedad hace que su imagen borrada vuelva a salir en el lienzo, como en el papel lo escrito con tinta simpática o invisible cuando se le aplica el reactivo adecuado. Así que los dos no: los tres.

En el parque sólo se escucha el tictac del reloj de la sangre, que recuerda el de aquel otro reloj: el famoso reloj de la Plaza de Madrid, en Londres, cuya base ostenta un estoque de lidia en el que puede leerse la célebre inscripción:

Con estoque de acero, que ni es oro ni es plata,
cada hora nos hiere; la última nos mata.

La Habana tiene, de Madrid, el frío, la plaza de toros vacía, pero llena de voces airadas; de Roma, el color de las ruinas del Coliseo y su antiguo rumor; de Londres, la niebla misteriosa; y el terror de Rusia.

Y *El reloj de la sangre* se titulan, precisamente, las primeras *neodécimas* o *décimas dobladas* escritas por Urbano Gómez Montiel: su creador.

La idea de lograr esta nueva combinación métrica surgió por iniciativa de Yody, cubano oriental de gran linaje africano, principalmente del antiguo Egipto. (*Yody* es nombre egipcio.)

En nuestra reunión anterior, en el propio parque, Yody había propuesto, como meta para nuestra próxima reunión, que también tendría lugar en el mismo parque, que cada uno de nosotros tratara de lograr alguna innovación en la décima tradicional o espinela, pero sin romper el molde de metro y rima: lo cual era algo así como encontrar la cuadratura del círculo. Y el único que logró ese prodigio fue Urbano, que ahora, en esta nueva reunión, en el viejo parque, nos da a conocer sus primeras *décimas dobladas,* reunidas en número de diez, a manera de estrofas de un solo poema, bajo el título de *El reloj de la sangre,* y otra *décima doblada* escrita días después con el título de *Poema enamorado:*

Alta emotiva *simiente* que crece bajo mi *planta.*
Luz de siembra que *levanta* un rosal sobre mi *frente.*
Por empinada *garganta* se levanta *diferente,*
el amor que se *presiente,* cuando la sangre nos *canta.*
Esta emoción, por *latente,* de fiesta se me *agiganta.*
Todo me toca *sencillo,* ingenuamente *rosado.*
El dolor me fue un *anillo* que de rozar se ha *gastado.*
Soy limpio desde la *piel,* por este canto que *llevo.*
Hoy soy el domingo *aquel* que se vistió tan de *nuevo,*
que puso el parque *amarillo* con su sol *enamorado.*

Estamos en 1960. Algunos años después, pero con el título de *Canción enamorada* y música del propio Urbano, esta misma *neodécima* será seleccionada como la Primera Mención del Primer Festival de la Canción, en Varadero, Matanzas.

La *neodécima* o *décima doblada* es una combinación métrica de diez versos de dieciséis sílabas divididos en dos hemistiquios (octosílabos). Consta de diez rimas internas, correspondientes a las puntas de los primeros hemistiquios, que forman una décima interior, y diez rimas externas, correspondientes a las puntas de los segundos hemistiquios, que forman una décima exterior. Esta combinación métrica es espejo de aquella verdad fundamental de Hermes Trismegisto: "Como es por dentro es por fuera." O sea, en versión moderna: "La cara es el espejo del alma." Conclusión: "Y el espejo es el alma de la cara." En las rimas (internas y externas) de los cinco primeros versos suele reflejarse, además, esta otra verdad hermética igualmente fundamental y complementaria de la anterior: "Que aquello que está abajo es como lo que está arriba, y aquello que está arriba es como lo que está abajo, para cumplimiento de los milagros de una sola cosa." O sea, ejemplificando con los cinco primeros versos de *Poema enamorado:*

(rimas internas)   (rimas externas)

A) *simiente*   B) *planta*

B) *levanta*   A) *frente*

B) *garganta*   A) *diferente*

A) *presiente*   B) *canta*

A) *latente*   B) *agiganta*

Obsérvese el orden inverso y la formación de pares de opuestos. Primer orden: *a, b, b, a, a*. Segundo orden: *b, a, a, b, b*. Pares de opuestos entre los dos órdenes: *a-b, b-a, b-a, a-b, a-b*. Estos cinco primeros versos simbolizan los cinco pétalos de la *rosa heráldica* (silvestre). Y como la línea recta es "la más corta que se puede imaginar desde un punto a otro", tirando una recta entre la primera A de la izquierda (arriba) y la primera A de la derecha (abajo) y una recta entre la primera B de la izquierda (abajo) y la primera B de la derecha (arriba), trazaremos las dos rectas de la *cruz sencilla;* y tirando una recta entre la primera B de la izquierda (arriba) y la segunda B de la derecha (abajo) y una recta entre la segunda B de la derecha (arriba) y la tercera B de la derecha (abajo), una recta entre la segunda A de la izquierda (abajo) y la primera A de la derecha (arriba) y una recta entre la tercera A de la izquierda (abajo) y la segunda A de la derecha (arriba), trazaremos las cuatro rectas de la *cruz doble:*

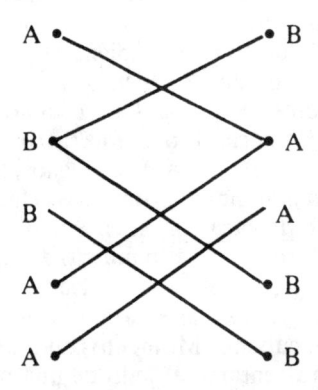

Acorde con la forma de los cinco primeros versos (rosa sencilla y doble y cruz sencilla y doble), el poeta nos habla de la *"alta* emotiva simiente que crece *bajo* mi planta" y de la "luz de siembra que levanta un *rosal* sobre mi frente". Por eso "todo me toca *sencillo,* ingenuamente *rosado",* esto es, con "la *sencillez* de las perfectas *rosas"* que dijo Rubén Darío.

Pero volvamos al parque. Son las doce de la noche. Si estuviéramos en la Plaza de Madrid, en Londres, y no en el Parque de Carlos Aguirre, en La Habana, a las doce de la noche de allá, salvando la distancia y la diferencia de hora entre la capital de Inglaterra y la capital de Cuba, escucharíamos los doce mugidos del famoso reloj, que da las horas sustituyendo la voz de la campana por la voz del toro, y veríamos aparecer y desaparecer dos figuras: la de un torero en el momento de matar de una estocada al toro y la de un toro en el momento de recibir la mortal estocada del torero, de acuerdo con el ingenioso mecanismo sonoro y visual de esta obra maestra de la relojería.

Así, pues, a las doce de la noche, se nos presenta de pronto un extraño hombrecillo, aindiado, bajito, muy bajito, de complexión fuerte pero enjuto, vestido de cuello y corbata, traje "azul Prusia", con una pequeña insignia que representa una rosa y una cruz entrelazadas, en la solapa, y zapatos negros lustrosos. El desconocido, entrado en años, nos cuenta que cuando joven fue acometido en una finca por un toro furioso. Entonces, sin inmutarse, pero sin pérdida de tiempo, cogió al toro por los cuernos y lo volteó en el aire. Cuando el toro cayó despatarrado y derrengado, volvió a cogerlo por los cuernos y lo revolcó por el suelo. Al fin el toro salió huyendo, bramando, mugiendo, bufando y renqueando, con el rabo entre las piernas. El extraño personaje también nos asegura que en ese parque hay un tesoro escondido. Yo pienso en las décimas de Urbano. Y pienso en tantas otras cosas ocultas. Estamos junto a la imagen (¿estatua o busto?, ¿mármol o niebla?, ¿bronce?, ¿humo?) de Carlitos Aguirre, cuya muerte, hace ya muchos, muchos años, puede considerarse como la más singular de todas. Hallándose el joven estudiante universitario de vacaciones, en Pamplona, España, presenciando una corrida de toros, resultó muerto de una estocada en el corazón cuando uno de aquellos toros se sacudió el estoque con que el diestro lo había herido y, al saltar el arma, fue a clavarse directamente en el pecho del joven cubano. Momentos antes, Carlitos había cambiado de asiento para sentarse al lado de una muchacha española, estudiante universitaria como él, de nombre Lidia, pero llamada "la Americanita"; y allí, al lado de Lidia, lo sorprendió la muerte. Carlitos estudiaba en la Universidad de La Habana. Lidia, también de vacaciones, se había educado en los Estados Unidos y estudiaba en una universidad norteamericana. De ahí el sobrenombre de "la Americanita". Era hija de padre valenciano y madre toledana. Por extraña coincidencia, los mejores estoques de lidia se construyen en Valencia y Toledo. ¿Qué hablaban Carlos y Lidia cuando la muerte, bajo la forma de un estoque de lidia, se hospedó en el pecho de

Carlos? En el mundo de las posibilidades infinitas cabe la finita posibilidad de que Carlos le dijera una frase galante relacionada con la flecha de Cupido, sin sospechar que la flecha de Cupido sería sustituida por el estoque de lidia. Yo pienso que la Vida y la Muerte son como una *décima doblada*. Recuerdo a Yody Fuentes Montalvo, recuerdo a Urbano Gómez Montiel, me recuerdo a mí mismo, y evoco el reloj de la Plaza de Madrid, en Londres, y la inscripción grabada en el estoque de lidia:

Con estoque de acero, que ni es oro ni es plata,
cada hora nos hiere; la última nos mata.

19 de enero de 1988

A MANERA DE EPÍLOGO

Con este título: **Triunfal presentación en Miami del último libro de Luis Ángel Casas**, y este subtítulo: *Habló en el acto el escritor y periodista argentino Astur Morsella*, se publicó en el Diario *Las Américas*, de Miami, 21 de octubre de 1990, página 6-B, una reseña de Magda González. *"Con entusiasmo desbordante —dice el primer párrafo—, una numerosísima y selecta concurrencia colmó el salón de actos de Ediciones Universal, en Miami, donde fue presentado el libro* **Trece cuentos nerviosos**, *del escritor y académico cubano Luis Ángel Casas. La presentación estuvo a cargo del escritor y crítico argentino Astur Morsella."* El segundo párrafo dice: *"El editor Juan Manuel Salvat, director de Ediciones Universal, que publicó el libro, abrió el acto. El doctor Santamaría, de la Academia Norteamericana, hizo la invocación y expresó que 'en este libro se aclara totalmente la prioridad de Casas sobre Borges'. Luego, añadió: 'Lo que sí hay, sin duda, es un cierto paralelismo entre estos insignes escritores'."*

El acto se efectuó el sábado 13 de octubre de 1990 a las 12 del día.

Por considerarla de interés para los estudiosos de la narrativa de Casas que no tuvieron oportunidad de escuchar esta presentación, o que sólo han leído los fragmentos que publicó la prensa, la ofrecemos a continuación íntegramente:

Vengo hoy aquí para presentar la obra *Trece cuentos nerviosos*, **de Luis Ángel Casas. Y estoy nervioso, porque el efecto de esa escritura**

me persigue como los fantasmas, los demonios, la muerte y el humor negro persiguen al autor.

Pero también estoy afanoso y deslumbrado, porque muy pocas veces en mi vida de lector he asistido al prodigio de un universo del terror tan bien administrado, donde sus seres pueden ser a veces productos de los sueños de la razón —de los que se ha dicho que engendran monstruos— o estos seres resultar otras veces el miedo metafísico de Casas corporizado en creaturas alucinantes.

Dice Andre Malraux que un hombre es lo que oculta. Pues bien, Luis Ángel Casas ha quedado, supongo que en gran parte, fuera del apotegma malrauxiano, ya que lo que guardaba en su interior como en una ciudadela ha salido a la luz y ha sacudido al mundo que, con menos coraje, todos ocultamos.

Hasta allí, hasta lo más recóndito de nosotros mismos, la carcajada tenebrosa, la tumba inquietante, el sadismo visceral y, en fin, el MAL sin maquillajes ni protocolo, llega en el arte de Casas, cuya vinculación onírica con seres capaces de superar los pecados capitales, es simplemente magistral.

Y, sin embargo, como sucede con los grandes expositores del MAL, Casas es un atrincherado moralista, porque de su lectura surge un estado de compasión por los poseídos, los abismales, los autotorturados y los locos.

Casas tiene su modo de comprender la orfandad del hombre sacado brutalmente de la madre, cuando nace, y lanzado al mundo a cumplir un rol ni querido ni evitable. Y quiero hacer esta digresión:

Dostoyevski fue uno de los primeros —por lo menos antes que Freud— en entender al hombre como una dualidad psicológica formada por el Bien y el Mal en constante pugna, pero de efectos muchas veces simbióticos y simultáneos. Sus "poseídos" eran a la vez crueles y tiernos. En muchos casos, sus seres podían estar agradeciendo a Dios el esplendor de una tarde de sol y a la vez sometiendo a la lapidación a un semejante. Pero lo terrible es que tales personajes habitados por dos lacerantes extremos, no sabían en realidad por qué procedían así.

Para la teología cristiana se trata de la lucha del Ángel contra el Demonio en nuestra propia alma. Para el psicoanalista, todo eso puede ser la proyección de nuestro yo inconsciente, ese yo: un desconocido para nosotros mismos.

Jean-Paul Sartre quiso simplificar en este terreno y al analizar la obra de Jean Genet conjeturó que se trataba de una nueva ética que había nacido: la ética del Mal. En ese caso Genet será *St. Genet* o un apóstol equívoco negador del Bien a través de una narrativa y una dramaturgia nihilistas.

En uno de los más logrados cuentos de la obra que hoy presentamos, titulado *Un disfraz de momia,* Casas hace decir a un supuesto narrador que planea un crimen perfecto: "Mi mayor ilusión es la Poesía y mi mayor placer es la Venganza." Entonces la síntesis interpretativa Dostoyevski-Freud-Sartre queda claramente explícita en esa dicotomía interior del personaje de Casas, pero también en otros que ambulan por sus *Trece cuentos nerviosos* y por sus *Narraciones burlescas y diabólicas,* que complementan así una obra de dos volúmenes integrados.

Aquella dualidad de que hablamos, transcurre a veces, precisamente, dentro del proceso mórbido del suspenso, al que una vez Ignacio Anzoátegui llamó "la pornografía del sistema nervioso".

Y de pronto la burla se anuda al suspenso y al horror y conforma, como en los cuentos *El hazmerreír* y *El microcéfalo,* dos pequeñas grandes obras maestras extendidas sobre un territorio paralizante, donde el placer en el Mal es sarcástico, sabiamente aplicado por Casas a su virulencia controlada a través del dominio que posee de los "tempos" narrativos.

Puedo endosar a Casas, convencido de no equivocarme ni un ápice, las palabras que un experto en horror y en autores malditos aplicó a Ambrose Bierce, quien curiosamente sostenía con su dotada pluma el mismo equilibrio entre humor y horror. Dice Carl Sterberg que había en las ficciones de aquel extraño escritor, sangre, hielo, hiel y tinieblas. Casas hace desbordante de horror a sus cuentos con tales herramientas del espanto, pero su construcción de miedos es de una inapelable originalidad, ya que a la sangre, al hielo, a la hiel y a las tinieblas suma el odio, del que se dice que es un amor inconsciente —y suma el amor, que puede ser mortal cuando es destructivo.

Dejo el placer de la lectura de este libro a los que de niños temían la oscuridad, pero penetraban en ella impelidos por una atracción mórbida, y a los que han visto cómo la industria del cine ha desprestigiado la respetabilidad del horror como producto fílmico de formas grotescas más que de fondos metafísicos. Porque el gozo de una buena lectura es intransferible. Yo puedo contarles a ustedes mucho de lo que aquí escribió Casas, pero si algo tiene esta obra de imaginación que también la hace diferente es la calidad cardinal de su prosa, la destreza verbal que le permite al autor ser austero y certero en la frase o llevarla a volar con desmesuras tan controladas que cualquier barroco envidiaría.

Entonces, si el poder expresivo es tan poderoso y sustancial, tan armónico con la psiquis del lector, cada uno debe hacer su propia experiencia de la escritura de Casas. De ese modo convendrá conmigo, estoy seguro, en que en este escritor cubano reside una originalidad de voces y de ideas que conjugada con su larga noche de terror, hace una pieza clásica de cada cuento.

En este párrafo que voy a leer de su cuento *La vieja y el gato*, ustedes verán bien plasmada esa conjunción de los logros narrativos de Casas con la dicción más precisa, transparente y lúcida.

Dice el supuesto narrador, en desdoblamiento de Casas: "Hay, en nuestro mundo interior, en lo más recóndito de ese mundo, un paraje singularmente espeluznante y desolado. Nosotros lo conocemos muy bien; pero *no queremos recordar* sus pinos quejumbrosos, sus árboles secos a pesar de la constante lluvia, su niebla inmóvil a pesar del viento, sus fétidos pantanos donde alimenta sus raíces el *principio de destrucción,* todo ello iluminado por una luna de tenue luz fatua, como nunca se ha visto en el cielo de la vida. Y ese paraje singularmente espeluznante y desolado, que se halla en lo más recóndito de nuestro mundo interior, es el *sentimiento* y el *conocimiento de la muerte,* la *certidumbre de la nada,* la *angustia,* el *vacío* que tratamos de llenar con el disimulo que son todos nuestros actos de extraversión. Nos pasamos la vida destruyendo y destruyéndonos, y arrojamos los escombros al fondo del abismo, para no verlos más; pero allí permanecen, esperándonos, porque algún día, tarde o temprano, también caeremos al abismo, convertidos en escombros."

Hasta aquí Casas. Lo que acabo de leer es una pequeñísima muestra de por qué él ingresó, con todos los honores, en la Academia de nuestra lengua y por qué ha sido calificado el mejor traductor de Poe al español, entre otros rasgos definitorios de un poeta por excelencia.

Vislumbro en esta escritura, que es el cuento de horror, la imagen del yo romántico de Casas, que si bien se empina en la poesía del verso es transparente en la poesía en prosa. ¿Cómo es posible que un hombre pueda escribir tan bellamente sobre el horror, darle una dimensión estética y regresar de esa peregrinación verbal tan densa y hasta deletérea sin que esa dimensión oscura lo cubra como una niebla eterna? Es que Casas es el escritor que no puede impedir que la riqueza de su lenguaje se desprenda de él, crezca en ficciones y dé vida propia a sus seres que inventan, a su vez, apocalipsis cotidianos.

En una tradición que reúne a Poe, a Maupassant, a Víctor Hugo, a Bierce y al Dostoyevski de *Los endemoniados* y hasta de *Los hermanos Karamazov,* Luis Ángel Casas es el creador de un nuevo mundo de la imaginación simbólica. Nos ha revelado en su libro sus propios viajes hacia el interior de la soledad metafísica del hombre; nos dio un museo viviente de nuestra dolorosa orfandad y nos participa con su talento en su exclusivo modo de ver y contar los territorios obsesivos de las pesadillas.

En definitiva, y de esto tenemos una prueba concluyente con la obra de Casas, después que analizamos toda la historia del hombre, el proceso de la humanidad y el comportamiento de nuestro vecino, nos reiteramos una verdad perenne: que en la vida no hay una lucha más trascendental y dramática que la del Bien contra el Mal y viceversa.

Todos nos quejamos de que hay injusticia, crueldad, miseria, guerra... pero ya tendríamos que estar acostumbrados, porque el mundo es propiedad del Mal, su conductor es el Príncipe de las Tinieblas, sus instrumentos la codicia, el sadismo, la ignorancia, la envidia y el orgullo.

Con este seductor panorama venimos a la vida, pero nuestros mecanismos interiores de defensa encuentran muchas formas de sobrevivir dentro del hábitat del Mal. Curiosamente, una de las evasiones más corrientes es leer la literatura donde el Mal o las conjuras de las sombras son los que dominan y triunfan. Y esto es porque —a pesar de no ser quizás individualmente malos— el Mal nos atrae por su nefanda fascinación.

Casas se ha defendido del Mal describiéndolo y asumiéndolo artísticamente para corroborar el aserto de la atracción maléfica —y además se ha divertido. Una sutil carcajada de Casas se escucha en la habitual música de su prosa, especialmente en las *Narraciones burlescas y diabólicas* que conforman la segunda parte de *Trece cuentos nerviosos*.

Siempre caminando por el filo de la navaja y siempre manteniendo un obstinado rigor expresivo, Casas —así lo creo yo— se burla de la burla, convive con el horror como un sigiloso florentino se entretenía en observar los grados de perversidad en los palacios de los Médicis para luego documentarlos con sorna y sabiduría.

Pero si hay algo que patentiza con pocas palabras todo lo que yo he intentado decir aquí con muchas, si hay algo que patentiza ese horror-amor de Casas basado en una piedad por sus seres de ficción y por los que están en la vida cotidiana, es este acápite con el que abre su libro. La cita es de Poe y expresa: "Un vigoroso argumento en favor del cristianismo es el siguiente: los pecados contra la *Caridad* son probablemente los únicos que, en su lecho de muerte, los hombres llegan a *sentir* —y no meramente a comprender— como *crímenes.*"

Si ustedes me permiten, quiero decir algo más: a través de los años he desarrollado con más tenacidad que genio el oficio de crítico literario. Pero pocas veces me ha sorprendido y entusiasmado un autor del modo que me ha sorprendido y entusiasmado Casas, sobre todo si se tiene en cuenta que nunca fui un lector intrépido que transita el horror. Y este libro suyo me abrió los ojos, porque el arte sublima todo, hasta lo demoníaco y maldito. Y los elementos de que se ha servido Casas para construir su obra poseen todos los ingredientes, los puros y los deleznables de la condición humana. Ante y dentro de *Trece cuentos nerviosos* comprendo ahora aquella al parecer equívoca expresión de Anatole France: "Qué importa la materia si el monumento es bello."

Gracias.—

ÍNDICE

Nota sobre el autor 7
Genialidad y terror
en Luis Ángel Casas
       Por Astur Morsella 11

CUENTOS PARA LA MEDIANOCHE (1983-1988) 19

La predestinada 21
El medallón de yeso 27
El gran pajarero 33
Cerrado por reparaciones 35
La ventana tapiada 40
Una carta de ultratumba 43
El ruiseñor del señor Ruiz 46
La venganza de la cotorra 48
El mago 59
Un asesinato frustrado 67
El campanero 69
La endemoniada 73
Cita rota 75
Dos en uno 78
El desembarco de los hombres sin cabeza 82
La viuda negra 95
El hombre de la gallina de los huevos de oro 100
La última partida de ajedrez 107
El ojo de vidrio 115
El ahorcado 117
Fuera de su ataúd 119
El monstruo en el coche 122

El hogar perdido 126
El fantasma del lago 129
El gordo 132
Los hallazgos de Arminda 134
La última bufonada 139
El rascatripas 142
Escapado de la tumba 145
El teléfono suena a medianoche 150
El misterio de los cuadros perdidos 152
Los brazos de Venus 155
La mascarada horrenda 157
Un minuto de silencio 161
La tranca 163
La flecha 165
El incendio del Castillo de Kronborg 169
Concierto macabro 171
Gretchen 175
El estoque de lidia 178

*****

A manera de epílogo 184

LIBROS DE LUIS ÁNGEL CASAS
(Ediciones agotadas)

La tiniebla infinita
Sonetos
Prólogo de Enrique González Martínez
Editorial Bolívar
México, 1948

Pepe del Mar y otros poemas
Con la "versión rítmica" de *El Cuervo*, de Poe
Editorial Librería Selecta
La Habana, 1950

Trece cuentos nerviosos
Primera edición en mimeógrafo
La Habana, 1954

El Genio Burlón y otros poemas
Publicaciones de la ONBAP
La Habana, 1959

NUEVAS PUBLICACIONES

Los músicos de la muerte
Novela histórico-filosófica
San Lázaro Graphics Corp.
Miami, Florida, 1989

Trece cuentos nerviosos-Narraciones burlescas y diabólicas
Estudio preliminar de Hernán Henríquez Ureña
Prólogo de Gustavo Galo Herrero
Ediciones Universal
Miami-Barcelona, 1990

La palabra poética
Discurso de ingreso
en la Academia Cubana de la Lengua
escrito en verso (setenta octavas reales)
La Habana, 1965
Reseña histórico-crítica
de Noemí Fernández Triana
San Lázaro Graphics Corp.
Miami, Florida, 1991

DE PRÓXIMA PUBLICACIÓN

Prosa:
Tres temas fundamentales en Fonología, Métrica y Rima
(1974)

Verso:
Poemas de adolescencia
(1942-1947)

Liras a Senta
(1945)

Las Paganas Escrituras
(1946)

La consagración de Dioniso
(1946)

Engendros satánicos
(1946)

Poemas elementales de la noche calva
(1946)

Poemas de 'El Genio Burlón'
no incluidos en la edición de 1959

El Faro y otros poemas
(1960)

El Mesías o La epopeya de los tiempos
(1961)

Primera sinfonía de sonetos, décimas, liras y romances
(1962)

El Holandés Errante
Poema en tres cantos,
inspirado en la ópera de Wágner
(1963)

Himno a Roma Ardiendo y otros poemas clásicos
(1963-1964)

Poemas cubanos en décimas criollas
(1964)

En medio del camino...
Tercetos dantescos
(1964)

Poemas dispersos
(1961-1971)

Poemas del cosmos
En rima potencial
(1974)

Poemas de amor y de odio
(1975)

Caravana de insomnio
Antología poética
(1942-1986)